GRöLS Verlage

„Bücher sind wie Fallschirme. Sie nützen uns nichts, wenn wir sie nicht öffnen."

Gröls Verlag

Redaktionelle Hinweise und Impressum

Das vorliegende Werk wurde zugunsten der Authentizität sehr zurückhaltend bearbeitet. So wurden etwa ursprüngliche Rechtschreibfehler *nicht* systematisch behoben, denn kleine Unvollkommenheiten machen das Buch – wie im Übrigen den Menschen – erst authentisch. Mitunter wurden jedoch zum Beispiel Absätze behutsam neu getrennt, um den Lesefluss zu erleichtern.

Um die Texte zu rekonstruieren, werden antiquarische Bücher von Lesegeräten gescannt und dann durch eine Software lesbar gemacht. Der so entstandene Text wird von Menschen gegengelesen und korrigiert – hierbei treten auch Fehler auf. Wenn Sie ebenfalls antiquarische Texte einreichen möchten, finden Sie weitere Informationen auf www.groels.de

Viel Freude bei der Lektüre wünscht Ihnen das Team des Gröls-Verlags.

Adressen

Verleger: Sophia Gröls, Im Borngrund 26, 61440 Oberursel

Externer Dienstleister für Distribution & Herstellung: BoD, In de Tarpen 42, 22848 Norderstedt

Unsere „Edition | Werke der Weltliteratur“ hat den Anspruch, eine der größten und vollständigsten Sammlungen klassischer Literatur in deutscher Sprache zu sein. Nach und nach versammeln wir hier nicht nur die „üblichen Verdächtigen“ von Goethe bis Schiller, sondern auch Kleinode der vergangenen Jahrhunderte, die – zu Unrecht – drohen, in Vergessenheit zu geraten. Wir kultivieren und kuratieren damit einen der wertvollsten Bereiche der abendländischen Kultur. Kleine Auswahl:

Francis Bacon • Neues Organon • **Balzac** • Glanz und Elend der Kurtisanen • **Joachim H. Campe** • Robinson der Jüngere • **Dante Alighieri** • Die Göttliche Komödie • **Daniel Defoe** • Robinson Crusoe • **Charles Dickens** • Oliver Twist • **Denis Diderot** • Jacques der Fatalist • **Fjodor Dostojewski** • Schuld und Sühne • **Arthur Conan Doyle** • Der Hund von Baskerville • **Marie von Ebner-Eschenbach** • Das Gemeindekind • **Elisabeth von Österreich** • Das Poetische Tagebuch • **Friedrich Engels** • Die Lage der arbeitenden Klasse • **Ludwig Feuerbach** • Das Wesen des Christentums • **Johann G. Fichte** • Reden an die deutsche Nation • **Fitzgerald** • Zärtlich ist die Nacht • **Flaubert** • Madame Bovary • **Gorch Fock** • Seefahrt ist not! • **Theodor Fontane** • Effi Briest • **Robert Musil** • Über die Dummheit • **Edgar Wallace** • Der Frosch mit der Maske • **Jakob Wassermann** • Der Fall Maurizius • **Oscar Wilde** • Das Bildnis des Dorian Grey • **Émile Zola** • Germinal • **Stefan Zweig** • Schachnovelle • **Hugo von Hofmannsthal** • Der Tor und der Tod • **Anton Tschechow** • Ein Heiratsantrag • **Arthur Schnitzler** • Reigen • **Friedrich Schiller** • Kabale und Liebe • **Nicolo Machiavelli** • Der Fürst • **Gotthold E. Lessing** • Nathan der Weise • **Augustinus** • Die Bekenntnisse des heiligen Augustinus • **Marcus Aurelius** • Selbstbetrachtungen • **Charles Baudelaire** • Die Blumen des Bösen • **Harriett Stowe** • Onkel Toms Hütte • **Walter Benjamin** • Deutsche Menschen • **Hugo Bettauer** • Die Stadt ohne Juden • **Lewis Caroll** • *und viele mehr….*

Nikolai Gogol

Taraß Bulba

Roman

Deutsch von Korfiz Holm

Inhalt

Erstes Kapitel

„Dreh dich schnell einmal um, mein Sohn! Lächerlich siehst du aus! Was habt ihr für Pfaffenkutten am Leib? Lauft ihr auf der Akademie alle in solchen Kutten herum?“

So begrüßte der alte Bulba seine beiden Söhne, die auf der geistlichen Schule in Kiew studiert hatten und nun ins Vaterhaus heimkehrten.

Die Söhne, stämmige Burschen, die als kürzlich entlassene Seminaristen noch ein bißchen ducknackig dreinsahen, waren grade von den Pferden gestiegen. Ihre kräftigen, gesunden Gesichter zeigten den ersten Bartflaum, den noch kein Rasiermesser berührt hatte. Daß ihr Vater sie so empfing, verblüffte sie nicht wenig; sie standen reglos, mit gesenkten Lidern.

„Halt, halt! Laßt euch doch richtig ansehn!“ fuhr Bulba fort. „Was für lange Kittel habt ihr da an? So was von Kitteln! Solche Kittel muß es auf der Welt noch nicht gegeben haben. Lauft doch einmal ein Stück! Ich möchte sehn, ob ihr nicht über eure Schöße stolpert und in den Dreck fliegt.“

„Laß doch das dumme Lachen, Vater, laß das!“ sagte endlich der ältere von den beiden.

„Sieh nur den Hitzkopf an! Warum soll ich nicht lachen?“

„Darum! Und magst du zehnmal unser Vater sein – wenn du mich auslachst, nun, bei Gott, dann hau ich zu!“

„Na, du bist mir ein Sohn . . .! Was . . .? Deinen Vater . . .?“ sagte Taraß Bulba und prallte vor lauter Staunen ein paar Schritte zurück.

„Vater oder nicht! Wenn mir einer dumm kommt, hau ich zu, wer es auch ist.“

„Also, wie tragen wir es aus? Durch Faustkampf?“

„Ist mir gleich!“

„Recht! Also Faustkampf!“ sagte Bulba und krempelte die Ärmel hoch. „Wird sich ja zeigen, wie du dich bewährst im Faustkampf!“

Und Vater und Sohn begannen sich, statt einer Begrüßung nach der langen Trennung, Püffe in die Rippen, gegen Bauch und Brust zu geben. Bald traten sie zurück und maßen sich mit den Blicken, bald gingen sie wieder aufeinander los.

„Seht nur, liebe Leute: der Alte ist närrisch! Er hat einfach den Verstand verloren!“ sagte die blasse, abgehärmte, weichherzige Mutter der beiden, die in der Tür stand und ihre Lieblinge noch nicht hatte umarmen können. „Die Kinder kommen heim, man hat sie länger als ein Jahr nicht gesehen; und was denkt er sich aus: Faustkampf!“

„Na, er haut nicht schlecht zu!“ sagte Bulba und hielt inne. – „Ja, das kann man sagen!“ fuhr er fort, nachdem er sich etwas verpustet hatte. „Scheint mir fast klüger zu sein, man versucht es nicht erst. Das wird mir ein guter Kosak! Na, sei gegrüßt, mein Sohn! Gib mir nen Kuß!“ Und Vater und Sohn begannen sich zu küssen. „Brav, mein Sohn! Hau jeden so, wie du mich jetzt verdroschen hast; laß dir nichts gefallen, von keinem! Aber einen lächerlichen Kittel hast du darum doch an! Was baumelt denn da für ein Strick herunter? – Und du, Grünling, was stehst du da und läßt die Pfoten hängen?“ wendete er sich an den jüngeren. „Warum haust du mich nicht, Hundsfott?“

„Was er sich nicht noch alles ausdenken wird!“ sagte die Mutter, die inzwischen ihren Jüngsten umarmt hatte. „Setzt sich in den Kopf, der leibliche Sohn soll den Vater schlagen! Und noch dazu grade jetzt: wo das arme Kind solch einen Weg hinter sich hat und so müde ist . . .!“ Das Kind war gut zwanzig Jahre alt und genau sechs Fuß hoch. „Der Junge muß sich jetzt erst ausruhn und ein bißchen essen; und er will sich mit ihm prügeln!“

„Ach, du bist ein Schlappschwanz, seh ich schon!“ sagte Bulba. „Hör nicht auf die Mutter, mein Sohn: sie ist ein Weibsbild, sie weiß gar nichts. Wozu braucht ihr Erholung? Eure Erholung ist das freie Feld und ein guter Gaul! Das ist eure Erholung! Und seht ihr den Säbel da? Das ist eure Mutter! Lauter Dreck, was man euch in die Köpfe trichtert: die Akademie und alle die Bücher und Fibeln und Philosophie und das alles, was weiß ich – gepfiffen ist auf den ganzen . . .!“ Hier gebrauchte Bulba ein Wort, das man einfach nicht drucken kann. „Nein, das Beste ist schon, ich schick euch noch diese Woche ins Lager. Das nenn ich Wissenschaft. Das ist die Schule für euch; da und sonst nirgends geht euch ein Licht auf.“

„Und bloß eine Woche sollen die Jungen daheim sein?“ sagte betrübt, mit Tränen in den Augen, die verhärmte alte Mutter. „Und kein Vergnügen sollen sie haben, die armen Kinder, und ihre Heimat sollen sie nicht kennenlernen, und ich soll sie nicht einmal richtig ansehn!“

„Hör auf mit dem Heulen; hör auf, Alte! Ein Kosak ist nicht auf der Welt, um sich mit Weibsbildern abzugeben. Wenn du die beiden nur unter deinen Rock stecken und dich draufsetzen könntest, wie eine Henne auf ihre Eier . . .! Marsch, marsch, tisch auf, was da ist! Aber nichts von Krapfen, Honigkuchen, Mohnwecken und solchen Leckereien; einen ganzen Hammel trag auf, Lammsbraten trag auf und vierzigjährigen Met! Und nicht zu wenig Schnaps – keinen Schnaps mit neumodischen Erfindungen, nichts von Rosinen und dergleichen überspanntem Kram drin, reinen, schäumenden Schnaps – perlen muß er und zischen wie toll."

Bulba führte seine Söhne in die Stube. Dort waren zwei Mägde beim Aufräumen, hübsche Dinger mit roten Perlenschnüren um den Hals. Die Mädchen machten sich eilig zur Tür hinaus. Sie waren wohl erschrocken über die Ankunft der Jungherrn, die einem nicht gern etwas durch die Finger sahen, oder sie wollten vielleicht auch nur einfach die weibliche Sitte wahren, die einem Mädel gebietet, mit Gekreisch Hals über Kopf davonzurennen, sobald es ein Mannsbild erblickt, und dann noch lange vor übergroßer Scham das Gesicht hinterm Arm zu verstecken. Die Stube war im Geschmack jener Zeit eingerichtet, deren Gedächtnis nur noch in den Liedern und Volksballaden lebt, die heute im Grenzland keiner mehr von den langbärtigen blinden Alten singt, die sie einst zum leisen Geklimper der Pandora im Ring des Volkes sangen. Die Stube paßte gut in jene kriegerisch harte Zeit, da die Scharmützel und Schlachten wider die Union im Grenzland zu entbrennen begannen. Sie war mit lichter Leimfarbe sauber getüncht. An den Wänden Säbel, Knuten, Vogelgarne, Fischnetze und Flinten, ein kunstreich geschnitztes Pulverhorn, ein goldbeschlagener Pferdezaum und ein Spannstrick mit silbernen Plättchen. Die Fenster der Stube waren klein, mit trüben Butzenscheiben, wie man sie heutzutage nur noch in alten Kirchen findet; hinausblicken konnte man nur, wenn man die eine bewegliche Scheibe hinaufschob. Um die Fenster und Türen liefen rote Fassungen. Auf Regalen in den Zimmerecken standen Becher, Karaffen und Flaschen aus grünem und blauem Glas, gravierte Silberpokale, vergoldete Trinkschalen von mannigfaltigster Arbeit: venezianische, türkische, tscherkessische, die auf allerhand Wegen durch dritte und vierte Hand in Bulbas Stube gekommen waren, wie es zu gehen pflegte in jenen nicht gar so heikeln Zeiten. Die Bänke aus ungeschältem Birkenholz rundum an den Wänden, der riesige Tisch im Herrgottswinkel, der große Ofen aus lichtbunten Kacheln mit breiter Ofenbank und breitem Sims – das alles kannten unsere zwei Burschen recht gut, waren sie doch jedes Jahr für die Ferien heimgekommen – zu Fuß, weil sie noch keine Pferde besaßen und es nicht Brauch war, Scholaren reiten zu lassen. Sie trugen lange Schöpfe, an denen sie jeder waffenfähige Kosak nach Lust und Laune zupfen durfte. Dies Mal aber, zu ihrer Entlassung, hatte ihnen Bulba ein paar Hengste aus seiner Herde nach Kiew geschickt.

Bulba ließ zur Feier der Ankunft seiner Söhne alle Hauptleute und Chargen des Regiments zusammenrufen, soviele ihrer eben präsent waren; und als zwei davon mit dem Oberstleutnant Dmitro Towkatsch, seinem alten Kameraden, erschienen, stellte er ihnen gleich seine Söhne vor und sagte:

„Na, seht sie euch an! Tüchtige Burschen, was? Die sollen mir bald ins Lager."

Die Gäste beglückwünschten Bulba und die beiden jungen Leute und sagten, das ließen sie sich gefallen; eine bessere Schule als das Lager gäbe es in der Welt nicht für einen jungen Menschen.

„Also, ihr Herren und Brüder, setzt euch nun an den Tisch, ein jeder, wo es ihm gefällt! Na, Burschen, vor allen Dingen einmal einen Schnaps!" sprach Bulba. „Gott stärk uns! Dein Wohl, Ostap, und das deine, Andri! Geb euch der liebe Gott nur alle Zeit Glück im Krieg! Die Ungläubigen sollt ihr verhauen, die Türken sollt ihr verhauen, und das Tatarenpack sollt ihr verhauen; und wenn die Polacken was gegen unsern Glauben anstiften, sollt ihr auch die recht tüchtig verhauen! Also, her mit dem Glas! Ist er nicht gut, der Schnaps? Halt, wie heißt Schnaps auf lateinisch? Ja, ja, mein Sohn, Dummköpfe sind sie gewesen, die alten Römer: auch nicht 'nen Dunst davon, daß es so was wie Schnaps gibt auf Erden. Wie war noch gleich der Name von dem Kerl, der die lateinischen Verse gemacht hat? Am Lesen und Schreiben bin ich kein Held, und da vergißt man es eben. Horatius, oder wie?"

– Sieh nur den Vater! dachte der ältere Sohn Ostap bei sich. – Alles weiß der durchtriebne Bursche und stellt sich nur so scheinheilig an.

„Na", fuhr Taraß fort, „der Herr Präzeptor hat euch an Schnaps wohl nicht einmal riechen lassen? Und, Burschen, nun rückt mal raus: haben sie euch eure Buckel und, wißt schon, was der Kosak sonst noch hat, tüchtig mit frischem Birkenreisig verwichst? Oder wart ihr dafür vielleicht schon zu klug, und haben sie euch da lieber mit der Karbatsche in Behandlung genommen? Und wie oft denn? Bloß sonnabends, oder am Mittwoch und Donnerstag auch?"

„Hat keinen Wert mehr, davon zu reden“, gab Ostap gelassen zurück. „Vorbei ist, unberufen, vorbei.“

„Jetzt sollen sie's einmal probieren!“ sagte Andri. „Nur anfassen soll mich noch einer! Soll mir nur irgend so ein Tatarenlump in die Quere kommen, der wird schon merken, was ein Kosakensäbel fürn Ding ist!“

„Recht so, mein Sohn! Kreuzsakrament noch einmal! Und wenn man's bedenkt – ich reite mit euch! Bei Gott, ich reit mit. Auf wen, zum Teufel, soll ich hier passen? Ist das ne Arbeit für unsereins: Buchweizen säen, das Haus bewachen, Schafe und Schweine hüten und schön tun mit meinem Weib? Verrecken soll sie; ich bin ein Kosak und mag den Kram nicht! Was frag ich darnach, daß jetzt kein Krieg ist? Ich reit ganz einfach so mit euch ins Lager – weil es mich freut. Bei Gott, ich reit mit!“ Der alte Bulba erhitzte sich immer mehr und kam zum Schluß in helle Wut. Er sprang auf und warf sich in die Brust und stampfte mit dem Fuß. „Morgen in aller Frühe wird abgeritten! Worauf denn noch warten? Mit dem Hiersitzen kommen wir nie an den Feind! Was brauchen wir denn die Hütte da! Was brauchen wir den lumpigen Kram! Die Töpfe und Schüsseln!“ Sprachs und begann das Geschirr zu zerschlagen und es vom Wandbrett auf den Boden zu werfen.

Die arme Alte, die solche Anfälle bei ihrem Mann schon gewohnt war, saß betrübt auf der Bank und sah ihm zu. Sie getraute sich nicht, auch nur ein einziges Wort zu sagen. Doch als sie seinen Beschluß vernahm, konnte sie die Tränen nicht halten. Sie blickte auf ihre Kinder, von denen sie sich morgen schon wieder trennen sollte, und unbeschreiblich war die stumme Kraft des Schmerzes, der heiß in ihren Augen flackerte und die zusammengepreßten Lippen zittern hieß.

Bulba war ein hartnäckiger Eisenschädel, ein Kerl, wie ihn nur das harte sechzehnte Jahrhundert hervorbringen konnte, und nur in jenem von halben Nomaden bevölkerten Winkel Europas, zu der Zeit, da das ganze südliche Altrußland, im Stich gelassen von seinen Fürsten, als Wüste dalag, preisgegeben dem Sengen und Brennen der mongolischen Räuber, deren Überfällen seit Menschengedenken keiner ein Ziel hatte stecken können. Jedoch aus dieser Not erwuchs hier, nachdem ihm Haus und Dach genommen waren, ein wagelustiges Geschlecht; umringt von schlimmen Nachbarn, umdroht von ewiger Gefahr, siedelte es sich auf den Trümmerstätten an, lernte dem Tod gerade ins Auge sehn und verlor die Erinnerung daran, daß es so etwas wie Furcht auf der

Welt gibt. Da schlug der von Hause aus friedliche slawische Geist zu kriegerischer Flamme empor, geboren wurde das Kosakentum, der gewaltige, fröhliche Sproß am russischen Stamm. Alle Ufer, alle Plätze an Furten, alle wohnlichen Hänge an den Flüssen des Grenzlandes wurden besetzt von Kosaken, deren Menge niemand ermaß. Jene kecken Kameraden unter ihnen, die vom Sultan gefragt wurden, wie viele es ihrer wären, hatten wohl ein Recht, ihm zu erwidern: „Wer soll das wissen! Die ganze Steppe wimmelt von uns. Wo ein Grashümpel ist, da ist ein Kosak." Dies war, Gott weiß es, ein loderndes Zeugnis von russischer Kraft: aus der Brust des Volkes hatte der Feuerstahl der Leiden den Funken geschlagen. An Stelle der Fürstentümer von einst, der engen Städtchen, bevölkert von Hundejungen und Jägern, an Stelle der kleinen Fürsten, die sich ewig befehdeten oder Land und Leute verschacherten, erwuchsen wehrhafte Siedlungen, Hetmanschaften und Kosakengemeinden; und um die woben geteilte Gefahr und Haß gegen die räuberischen Ungläubigen ein unverbrüchliches Band. Jedermann weiß aus der Geschichte, wie der Kosaken ewiger Kampf, ihr wildes Leben Europa vor den gewaltigen Anstürmen behütet hat, die es über den Haufen zu werfen drohten. Die polnischen Könige, die statt der kleinen Fürsten Herrscher über diese weiten Landstriche geworden waren, freilich nur Herrscher aus der Ferne und ohne viel Macht, begriffen die Bedeutung der Kosaken sehr wohl und erkannten den Nutzen, den ihre Kampflust und Wachsamkeit ihnen brachten. Sie munterten diesen Geist noch auf und schmeichelten den Neigungen dieser Männer. Unter ihrer fernen Oberhoheit formten die Hetmane, die aus der Mitte der Kosaken selber erwählt wurden, die Gaue und Gemeinden zu Regimentern und regelrechten Wehrkreisen um. Dies war kein stehendes Frontheer – davon fand man hier nichts –, doch wenn es Krieg gab, und es ging eine große Bewegung durch unser Land, dann dauerte es nicht länger als acht Tage, bis jeder hoch zu Roß mit voller Bewaffnung antrat. Der König zahlte nur einen Dukaten Sold auf den Kopf, doch binnen zwei Wochen schon war ein Heer versammelt, wie es keine Aushebung hätte hinstellen können. War dann der Feldzug vorbei, so zerstreuten sich die Krieger über Wiesen und Weiden, zogen zu ihren Dnjeprfurten heim, fischten, trieben Handel, brauten Bier, waren freie Kosaken. Jeder Gast aus dem Ausland bewunderte zu der Zeit ihre vielseitige Geschicklichkeit. Es gab kein Handwerk, worauf sich der Kosak nicht verstanden hätte: er war Branntweinbrenner und Stellmacher, Pulvermüller, Schlosser und Schmied, und nebenbei wußte er tolle Feste zu feiern, zu zechen und zu schlemmen, wie nur der Russe zu schlemmen versteht – das alles war so richtig sein Fall. Außer den eingeschriebnen Kosaken, die verpflichtet waren, sich für den Krieg zu stellen, konnte man jederzeit, wenn Not am Mann war, ganze Horden von Freiwilligen zu den Waffen rufen – es brauchte nur der Oberstleutnant auf die Märkte und Plätze der Dörfer und Flecken zu ziehen, dort auf den Wagen zu steigen und aus vollem Halse zu rufen: „He, ihr Biersäufer und Brauer! Jetzt habt ihr lang genug Bier gebraut und euch auf den Ofenbänken gesielt und mit euern fetten Leichnamen die Fliegen gemästet! Vorwärts für Rittertum und Kosakenehre! Ihr Pflüger, ihr Säemänner, ihr Schafhirten, ihr Weiberhelden, lang genug seid ihr hinterm Pfluge gegangen und habt eure gelben Schuhe mit Erde verdreckt, lang genug habt ihr um die Weibsbilder geschwänzelt und eure Ritterkraft bei ihnen gelassen! Heute ruft der Kosakenruhm!“ Solche Worte wirkten wie Funken, die auf dürres Holz springen. Der Pflüger zerbrach seinen Pflug, die Brauer ließen ihre Kufen und schlugen die Fässer entzwei, die Handwerker und Händler schickten Gewerbe und Kram zum Teufel, jeder zerbrach die Töpfe in seinem Haus, und alles, was da war, stieg in den Sattel. Kurz, der russische Geist flammte auf und schaute aus tapfern Augen hell in die Welt.

Taraß war einer von den angestammten alten Obersten. Er schien geschaffen fürs Kampfgetümmel und war ein Mann von rauher Geradheit der Sitten. Damals begann schon der polnische Brauch auf den russischen Adel zu wirken. Viele machten sich die fremden Sitten zu eigen, trieben Aufwand, hielten sich zahlreiche Dienerschaft, Falken, Hundemeuten, gaben Gastmähler und befleißigten sich eines höfischen Tons. Das alles war nicht nach Bulbas Sinn. Er liebte das einfache Leben des Kosaken und bekam Streit mit denen von seinen Kameraden, die nach der Warschauer Seite hinüber liebäugelten, weil er sie geradeheraus Leibeigne der polackischen Junker hieß. Ein ewig unruhiger Kopf, hielt er sich für den gottgewollten Schirmer des rechten Glaubens. Er setzte sich selber zum Richter ein und ritt in jedes Dorf, wo die Leute über Bedrückungen durch die Pächter oder neue Erhöhungen des Grundzinses klagten. Mit seinen Kosaken hielt er Gericht und hatte es sich zur Regel gemacht, in drei Fällen ohne langes Besinnen zum Säbel zu greifen: wenn die Kommissare den Ältesten die Ehre nicht gaben und das Haupt vor ihnen bedeckt ließen, wenn sie sich über den rechten Glauben lustig machten und den Sitten der Altvordern die Achtung versagten, und schließlich, wenn die Feinde Ungläubige und Türken waren. Gegen die war es immer erlaubt, zur Ehre des Christenglaubens die Waffen zu brauchen.

Jetzt freute er sich im voraus bei dem Gedanken, wie er mit seinen beiden Söhnen im Lager erscheinen und sagen würde: „Da seht, was für tüchtige Burschen ich bringe!“, wie er sie allen seinen alten, schlachtgehärteten Kameraden vorstellen, wie er ihre ersten Taten mit erleben würde, beim frohen Kampfspiel und beim weidlichen Pokulieren, das für ihn gleichfalls eine der wichtigsten Pflichten des Ritters war. Zuerst hatte er sie allein reiten lassen wollen, aber angesichts ihrer frischen Mannbarkeit, ihrer gesunden Körperschönheit packte ihn mächtig der soldatische Geist. Er beschloß, selbst mit ihnen zu reiten, und das gleich am nächsten Tag, wenn dafür auch keine andre Nötigung vorlag als sein eigensinniger Wille. Alsbald war er frisch an der Arbeit und erteilte Befehle, wählte Rosse und Sattelzeug für die Söhne aus, sah in Stall und Scheuer nach dem Rechten, bestimmte die Knechte, die morgen mit ihnen reiten sollten. Er übertrug dem Oberstleutnant Towkatsch seine Gewalt und erteilte ihm den gemessenen Befehl, sich ohne Verzug mit dem ganzen Regiment in Marsch zu setzen, sobald er aus dem Lager Botschaft schickte. War er auch angeheitert, und rumorte ihm auch noch der Rausch im Kopf – er dachte an alles. Er kümmerte sich sogar darum, daß die Pferde zu saufen bekämen und ihnen der schönste Großweizen in die Krippen geschüttet würde. Schließlich trat er, matt von der vielen Arbeit, wieder ins Zimmer.

„Na, Burschen, Schlafenszeit! Und morgen tun wir, was Gott gefällt. Laßt nur sein die Bettmacherei! Wir brauchen kein Bett: wir schlafen im Hof.“

Die Nacht stieg erst am Himmel empor; Taraß ging aber gern zeitig zur Ruhe. Er streckte sich auf den Teppich und wickelte sich in den Schafpelz. Die Nachtluft war kühl, und Bulba hatte es am liebsten schön warm, solang er daheim war. Bald schnarchte er, und der ganze Hof tat es ihm nach. Alles, was dort in Ecken und Winkeln herumlag, schnarchte und orgelte laut. Als erster sank der Wächter in Schlaf – er hatte den Jungherrn zum Willkomm am meisten getrunken.

Bloß die arme Mutter konnte nicht schlafen. Sie setzte sich ihren geliebten Söhnen zu Häupten nieder; sie schlichtete die jungen wirren, verfitzten Locken mit ihrem Kamm und ließ heiße Tränen darauf niederrinnen. Sie sah sie gleichsam mit dem ganzen Körper an, all ihr Gefühl, ihre ganze Kraft legte sie in den Blick und konnte sich gar nicht sattsehen. An dieser Brust hatte sie ihre Jungen gesäugt, hatte sie großgezogen, sie treulich gehegt; und nur so flüchtig sollte sie sich ihrer jetzt freuen. – „Ihr meine Kinder, meine geliebten Kinder! Was wird nun mit euch? Wie wirds euch ergehen?“ murmelte sie, und Tränen funkelten in den Runzeln, die ihr einstmals schönes Gesicht so traurig verwandelt hatten. Ja, sie konnte einen wohl dauern, wie jede Frau jener fernen Zeiten. Einen kurzen Augenblick der Liebe hatte sie genossen, im ersten Fieber der Leidenschaft, im ersten Fieber der Jugend, und schon hatte ihr rauher Verführer sie weggeworfen und nur noch seinen Säbel, die Kameraden und lustige Zechgelage gekannt. Sie sah ihren Mann zwei, drei Tage im Jahr, und dann war wieder ein paar Jahre lang nichts mehr von ihm zu hören. Und wenn sie ihn sah, wenn sie zusammen lebten – was für ein Leben war das denn schon für sie! Schimpfworte, selbst Schläge setzte es; und wurde ihr einmal schöngetan, so wars wie ein Bettelgroschen, den man ihr hinwarf. Als etwas wunderlich Fremdes stand sie im Kreis dieser unbeweibten Kosaken, deren Sitten das Kriegerleben einen wilden und rohen Anstrich gegeben hatte. Ihre Jugend schwand freudlos dahin, ihre schönen, frischen Backen und Brüste verblühten ungeküßt und wurden vor der Zeit faltig und welk. Ihre ganze Liebe, alle ihre Gefühle, alles was an Zärtlichkeit und Leidenschaft im Frauenherzen zu Hause ist – das alles floß zusammen in ihrem Muttergefühl. Mit Glut, mit Leidenschaft, mit Tränen warf sie sich über ihre Kinder, wie die Möwe der Steppe über die Brut ihres Nestes. Ihre Söhne, ihre geliebten Söhne nahm man ihr weg, riß sie ihr für immer vom Herzen! Nie wieder sollte sie sie sehen! Wie leicht konnte ihnen in der ersten Schlacht der Tatar die Köpfe vom Rumpfe schlagen, und sie würde nicht wissen, wo ihre verlassenen Leiber lägen und den Schnäbeln der schweifenden Raubvögel zur Beute fielen. Schluchzend schaute sie ihnen in die Augen, die der allmächtige Schlaf schon schloß, und dachte bei sich: – Vielleicht gibt Bulba doch noch zwei Tage zu; vielleicht war das nur eine trunkne Laune von ihm.

Der Mond goß aus himmlischen Höhen sein Licht über den mit Schläfern dicht belegten Hof, über das struppige Weidengebüsch und das hohe Steppengras, in dem der Knüppelzaun um den Hof förmlich versank. Immer noch saß sie ihren geliebten Söhnen zu Häupten, nicht für eine Sekunde wendete sie den Blick von ihnen und dachte gar nicht an Schlaf. Schon witterten Bulbas Pferde Morgenluft, sie hatten sich ins Gras gelegt und fraßen nicht mehr; die obersten Blätter der Weiden wisperten leise, und mählich lief dieses Wispern hinab zu den Zweigen dicht über dem Boden. Die Mutter saß, bis es tagte, sie spürte keine Müdigkeit und wünschte in ihrem Herzen, die Nacht möge noch lange, recht lange dauern. Von der Steppe herüber kam eines Fohlens helles Gewieher; blaßrote Streifen standen schweigend am Himmelszelt.

Bulba erwachte plötzlich und sprang auf. Er wußte noch ganz genau, was er gestern beschlossen hatte.

„Auf, auf, Gesellschaft! Zeit, höchste Zeit! Tränkt flink die Gäule! Wo ist die Alte? Nur munter. Alte, deck uns den Tisch: wir haben heut einen weiten Weg!"

Die arme Frau, der nun die letzte Hoffnung dahinschwand, schlich betrübt in die Hütte. Während sie mit Tränen in den Augen das Frühstück bereitete, gab Bulba seine Befehle, trieb sich im Stall herum und holte selbst für seine Söhne die besten Gewänder aus den Truhen.

Die Seminaristen sahen mit einem Schlag wie andre Menschen aus: statt der alten schmutzigen Stiefel trugen sie Stiefel von rotem Saffian mit silbernen Hufeisen unter den Hacken; die Pluderhosen, weit wie das schwarze Meer, mit tausend Falten und zehntausend Fältchen, waren mit goldner Schnur besetzt. Riemen hingen von dieser Schnur herab, mit Quasten und anderm Klapperkram; an denen schaukelte die Tabakpfeife. Den Rock aus feuerrotem Tuch hielt ein geblümter Gurt zusammen; fein ziselierte türkische Pistolen staken im Gurt; der Säbel klirrte kriegerisch um die Füße der Burschen. Ihre Gesichter, die die Sonne noch nicht hatte richtig braun brennen können, schienen hübscher und zarter als tags zuvor; der junge schwarze Schnurrbart hob die Weiße der Haut, die gesunde, frische Farbe der Jugend schärfer hervor; hübsche Kerle waren sie in ihren schwarzen Lammfellmützen mit dem goldnen Boden. Arme Mutter! Kein Wort konnte sie sagen, da sie die zwei so erblickte; ihr standen die Tränen blank in den Augen.

„Na, Burschen, alles fertig? Trödeln wir nicht mehr lange herum!" rief Bulba. „Und jetzt setzt sich, nach christlichem Brauch, ein jeder vor der Reise noch einmal hin."

Alle setzten sich, auch die Knechte, die ehrerbietig an der Tür gestanden hatten.

„Nun, Mutter, gib deinen Kindern den Segen!" sprach Bulba. „Bitte den lieben Gott, sie sollen tapfer kämpfen, sollen ihre ritterliche Ehre allezeit verteidigen, sollen immer und überall einstehen für ihren Christenglauben; tun sie es nicht, so mögen sie auf der Stelle verrecken, daß nicht ein Hauch von ihnen bleibt in der Welt! Kinder, kommt her zur Mutter; Muttergebet gibt Schutz zu Wasser und Land!"

Die Mutter, schwach wie eine Mutter, umarmte die Söhne, zog zwei kleine Heiligenbilder hervor und hängte sie ihnen schluchzend um den Hals.

„Behüt euch die . . . Gottesmutter . . . Liebe Söhne, vergeßt eure Mutter nicht . . . Laßt manchmal etwas hören von euch . . ." Weitersprechen konnte sie nicht.

„Los, Kinder!" rief Bulba.

Vor der Treppe standen die Pferde gesattelt bereit. Bulba schwang sich auf seinen „Teufel", der wild zur Seite taumelte, als er die Dreizentnerlast auf seinem Rücken spürte. Taraß war fürchterlich dick und schwer.

Als die Mutter ihre Söhne aufsitzen sah, stürzte sie zu dem jüngeren hin, dessen Gesicht sie wohl etwas zärtlicher dünkte; sie griff ihm an den Bügel, hängte sich ihm an den Sattel, Verzweiflung in jedem Zug ihres Gesichts, ließ ihn nicht aus den Armen. Zwei stämmige Kosaken packten sie behutsam und schleppten sie ins Haus zurück. Aber als sie zum Tor hinausgeritten waren, rannte sie mit einer Gemsenbehendigkeit, die man ihren Jahren kaum zugetraut hätte, hinterdrein, fiel dem Gaul mit unwiderstehlicher Kraft in die Zügel und umarmte einen ihrer Söhne in beinah irrer, besinnungsloser Glut. Sie wurde wieder fortgeschleppt.

Die jungen Kosaken ritten trübsinnig dahin und verbissen sich die Tränen aus Angst vor dem Vater, den die Sache auch etwas angegriffen hatte, wenn er sich gleich Mühe gab, nichts davon merken zu lassen. Es war ein grauer Tag, das Grün leuchtete grell, die Vögel zwitscherten sonderbar kreischend. Als sie ein Stück geritten waren, sahen sie zurück: Ihr heimatlicher Hof war gleichsam in die Erde gesunken; nur die beiden Schornsteine ihres bescheidnen Vaterhauses lugten hervor und die Wipfel der Bäume, in deren Zweigen sie einst wie Eichhörnchen umhergeklettert waren; noch breitete sich vor ihnen die Wiese, auf der sich die ganze Geschichte ihres Lebens abgespielt hatte, von jenen Jahren an, da sie auf allen Vieren durch das taufeuchte Gras gekrochen waren, bis zu den Jahren, da sie hier ein schwarzäugiges Kosakenmädchen erwartet hatten, das ängstlich auf jungen, flinken Beinen über das Grün herangehuscht kam. Jetzt ragte nur noch der Brunnenbaum mit dem Wagenrad auf der Spitze einsam gen Himmel; und schon sah die glatte Fläche, die sie durchritten hatten, von fern einem Berge gleich und verbarg alles hinter sich. – Lebt wohl, Kindheit und Spiele der Jugend und all das andre, lebt wohl!

Zweites Kapitel

Die drei Reiter ritten schweigsam dahin. Der alte Taraß gedachte früherer Zeiten: seine Jugend zog an ihm vorüber, seine Jahre, die verronnenen Jahre, um die der Kosak immer weint; denn er wünscht sich das ganze Leben als eine ewige Jugend. Er überlegte, wem von den alten Kameraden er wohl im Lager begegnen würde. Er rechnete nach, wer von ihnen schon tot war und wer noch lebte. Stille Tränen glänzten in seinen Augen, er ließ den grauen Kopf trübselig hangen.

Seine Söhne waren von andern Gedanken hingenommen. Aber es gehört sich wohl, etwas mehr von den Söhnen zu sagen. Sie waren mit zwölf Jahren nach Kiew auf die Akademie geschickt worden, weil alle angesehenen Würdenträger jener Zeit es als heilige Ehrenpflicht ansahen, ihren Söhnen eine Erziehung zu geben, allerdings unter der stillschweigenden Voraussetzung, daß sie sie nachher wieder völlig zu vergessen hätten. Als in Freiheit aufgewachsene Wildlinge kamen diese Burschen auf die Schule; dort pflegten sie dann ein bißchen abgeschliffen und dadurch gewissermaßen über einen Leisten geschlagen zu werden – sie glichen sich merkwürdig untereinander.

Der ältere Sohn Bulbas, Ostap, begann seine Laufbahn damit, daß er schon im ersten Jahr durchbrannte. Er wurde zurückgeholt, fürchterlich verhauen und wieder hinter die Bücher gesetzt. Viermal vergrub er seine Fibel in die Erde, und viermal wurde ihm, nach einer unmenschlichen Tracht Prügel, eine neue gekauft. Sicherlich hätte er es zum fünften Mal ebenso gemacht ohne die feierliche Drohung seines Vaters, ihn dem Kloster für volle zwanzig Jahre als Knecht zu verdingen; er schwöre ihm einen heiligen Eid, daß er das Lager seiner Lebtage nicht erblicken solle, wenn er nicht zuerst auf der Akademie alle Wissenschaften richtig hinter sich brächte. Merkwürdig: dies sagte derselbe Taraß Bulba, der auf alle Gelehrsamkeit schalt, und, wie wir sahen, seinen Söhnen riet, sich um so etwas überhaupt nicht zu scheren. Von Stund an setzte sich Ostap mit seltnem Eifer hinter sein langweiliges Buch und gehörte bald zu den besten Schülern. Die damalige Gelehrsamkeit stach wunderlich von dem ganzen Zuschnitt des Lebens der Zeit ab: diese scholastischen, grammatikalischen, rhetorischen und logischen Spitzfindigkeiten hatten nirgends einen Berührungspunkt mit dem Zeitgeist, paßten sich dem Leben nicht an und fanden nie eine praktische Verwendung. Die Schüler konnten ihre scholastischen Kenntnisse nirgends in die Wirklichkeit einhaken. Die Gelehrten von damals waren unwissender als andre Leute, weil ihnen jede Lebenserfahrung fehlte. Die republikanische Verfassung des Seminars, diese Riesenmenge von kraftstrotzenden, gesunden jungen Leuten – das mußte die Schüler auf Dinge bringen, die ihren gelehrten Studien sehr ferne lagen. Die magre Kost, die häufigen Fastenstrafen, auf der andern Seite die Fülle von Gelüsten, die in einem frischen, vollsaftigen, starken Burschen kochen – dies alles vereint gebar in ihnen jene Unternehmungslust, die später im Lager ihre Früchte trug. Die hungrigen Seminaristen strolchten durch die Straßen von Kiew und nötigten alle Welt zu äußerster Wachsamkeit. Die Marktweiber schirmten ihre Pasteten, Kringel und Sonnenblumensamen mit beiden Händen sorglich wie ein Adler seine Jungen, wenn sie einen Seminaristen von weitem daherkommen sahen. Der Konsul, dessen Amt und Pflicht es war, die Aufsicht über eine Anzahl Kameraden zu führen, hatte in seinen Pluderhosen so grausam große Taschen, daß er darin leicht den ganzen Kram einer Händlerin verstauen konnte, die es sich hätte beifallen lassen, etwa sorglos ein Schläfchen zu machen. Diese Seminaristen bildeten durchaus eine Welt für sich – zu den höheren Kreisen des polnischen und russischen Adels hatten sie keinen Zutritt. Der Marschall Adam Kißel selber, der doch der Protektor der Akademie war, führte sie nicht in die Gesellschaft ein und hatte Weisung gegeben, sie so streng wie möglich zu halten, übrigens brauchte er sich darum nicht zu sorgen – der Rektor und die mönchischen Professoren schonten Rute und Karbatsche sowieso nicht; und oft genug mußten die Aktoren ihre eignen Konsuln so gewaltig durchwalken, daß die sich noch ein paar Wochen lang die Pluderhosen rieben. Vielen von ihnen galt das einfach für nichts – wirkte es doch nur um eine Kleinigkeit kräftiger als ein guter Branntwein mit Pfeffer; andre wieder bekamen die ewigen heißen Umschläge bald gründlich satt und brannten nach dem Lager durch, wenn sie den Weg dahin zu finden wußten und nicht unterwegs wieder aufgegriffen wurden. Daß Ostap Bulba sich mit großem Eifer auf die Logik und sogar auf die Theologie geworfen hatte, konnte ihm die grausamsten Prügel nicht ersparen. Natürlich mußte das in gewissem Sinn den Charakter stählen und jene standhafte Härte erzeugen, auf die sich der Kosak von je etwas zugute getan hat. Ostap galt für einen der zuverlässigsten Kameraden. Er spielte bei frechen Streichen – wenn etwa ein fremder Obst- oder Gemüsegarten geplündert werden sollte – selten den Rädelsführer; doch war er dafür stets einer der ersten, die unter die Fahne eines andern unternehmungslustigen Seminaristen traten. Auf keinen Fall verriet er jemals einen Kameraden – nicht Prügel noch Rutenstreiche konnte ihn dazu bringen. Er hatte wenig Sinn für andre Dinge als Krieg und frohes Becherschwingen – kaum, daß er überhaupt an etwas andres dachte.

Gegen seinesgleichen war er ein lieber Kerl, gutherzig, soweit man es eben bei solcher Veranlagung und in jener Zeit zu sein vermochte. Die Tränen seiner Mutter hatten ihm ehrlich ans Herz gegriffen – nur darum ritt er jetzt tief in Gedanken durch den Morgen.

Sein jüngerer Bruder Andri besaß ein regeres und sozusagen entwickelteres Gefühlsleben. Er hatte mehr Freude am Lernen, und es kostete ihn nicht die Anstrengung, die ein schwerfälliger und starker Charakter darauf verwenden muß. Er war erfinderischer als sein Bruder, warf sich öfter zum Anführer bei allerhand gewagten Streichen auf und verstand es manchmal, sich kraft seines anschlägigen Kopfes um die Strafe zu drücken, während sein Bruder Ostap, ohne groß etwas daraus zu machen, den Kittel auszog und sich auf den Boden legte, sehr fern von dem Gedanken, um Gnade zu bitten. Auch Andri brannte vor Tatendurst, zugleich aber stand sein Herz andern Gefühlen offen. Ein starker Liebeshunger begann ihn zu plagen, als er die achtzehn hinter sich hatte – das Weib ging immer häufiger durch seine heißen Träume. Während der philosophischen Dispute tauchte es plötzlich vor ihm auf, frisch, schwarzäugig, verliebt. Ohne Ende gaukelten feste Brüste vor seinen Augen und schlanke, schöne, splitternackte Arme; leichte Gewänder, die er um üppige Mädchenleiber wallen sah, hauchten unsäglich schwülen Duft in seine Träume. Keiner der Kameraden durfte von diesen Wallungen seines leidenschaftlichen jungen Herzens etwas ahnen – galt es doch zu jener Zeit als Schande für einen Kosaken, an Weiber und Liebe auch nur zu denken, bevor er im Krieg gewesen war. Zumal in den letzten Jahren war Andri immer seltner als Rädelsführer bei tollen Streichen auf den Plan getreten und hatte sich dafür um so häufiger allein in den entlegnen Gassen von Kiew herumgetrieben, zwischen den schattigen Kirschgärten, aus denen niedere Häuschen verlockend auf die Straße blinzelten. Manchmal war er auch in das vornehme Viertel geraten, die heutige Altstadt von Kiew, wo die kleinrussischen und polnischen Edelleute wohnten und die Häuser einen gewissen Glanz zeigten. Eines Tages, als er recht in Gedanken war, hätte ihn beinah die Kalesche eines polnischen Junkers überfahren; der grimmig beschnauzbartete Kutscher wischte ihm vom Bock herunter tüchtig eins mit der Peitsche aus. Der Seminarist kam in Wut: leichtsinnigen Mutes griff er mit seiner starken Faust ins Hinterrad und brachte die Kalesche zum Stehen. Der Kutscher aber, der wohl die Vergeltung fürchtete, schlug auf die Pferde ein; sie zogen an, und Andri, der zum Glück grade noch hatte loslassen können, fiel längelang zu Boden, mit der Nase in den Schmutz. Ein silberhelles Lachen erscholl von oben.

Er blickte auf und sah ein Mädchen am Fenster stehen, so schön, wie ihm noch keins zu Gesicht gekommen war: schwarze Augen, eine Haut, weiß wie der Schnee zur Stunde der Morgenröte. Das Mädchen lachte herzlich; dies Lachen lieh der blendenden Schönheit ihres Gesichtes zaubrische Gewalt. Er war wie von Sinnen. Er sah verloren zu ihr empor und wischte sich dabei mit der Rechten den Schmutz vom Gesicht, wodurch er natürlich nur noch schmutziger wurde. – Wer war dies schöne Mädchen? Er wollte das von dem vielköpfigen, prunkvoll gekleideten Gesinde erfahren, das sich auf dem Hof um einen jungen Pandoraspieler geschart hatte. Aber die Diener und Mägde mußten hellauf lachen, als sie sein schmutziges Gesicht erblickten, und würdigten ihn keiner Antwort. Endlich erfuhr er, daß das Mädchen die Tochter des Marschalls von Kowno war, der zu Besuch in der Stadt weilte. In der folgenden Nacht stieg Andri mit echter Seminaristenfrechheit über den Zaun in den Garten, kletterte auf einen Baum, dessen Äste bis an das Hausdach reichten, schwang sich auf das Dach und ließ sich durch den Kamin geradeswegs in das Schlafzimmer seiner Schönen hinunter. Die Polin saß beim Licht einer Kerze und nahm grade die kostbaren Ringe aus ihren Ohren. Sie erschrak so furchtbar beim Anblick des fremden Menschen, daß sie kein Wort hervorbringen konnte; als sie aber sah, daß der Seminarist mit niedergeschlagnen Lidern dastand und vor lauter Schüchternheit keinen Finger zu rühren vermochte, als sie in ihm den jungen Menschen erkannte, der vor ihren Augen lang in den Schmutz geschlagen war, da packte sie wieder das Lachen. Andris Gesicht hatte eigentlich auch nichts Schreckliches – er war ein sehr hübscher Kerl. Sie lachte von Herzen und trieb eine ganze Weile ihren Spaß mit ihm. Das schöne Mädchen war eine Polin, das heißt, ein kokettes Ding; aber ihre Augen, wundervolle, durchdringend klare Augen, hatten jenen langsamen Aufschlag, der von Beständigkeit zeugt. Der Seminarist stand wie in einen Sack genäht, als die Tochter des Marschalls keck auf ihn zutrat, ihm ihr blitzendes Diadem auf den Kopf setzte, ihre Ohrringe an seine Lippen hängte und ihn in ein Jäckchen aus durchsichtigem Nesseltuch schlüpfen ließ, das mit goldnen Ranken bestickt war. Sie putzte ihn und machte tausend Dummheiten mit ihm, kindlich ausgelassen, wie es die koketten Polinnen nun einmal sind. Den armen Seminaristen machte sie dadurch immer verlegner. Er sah sehr komisch aus, wie er da stand und ihr mit offnem Mund und ohne sich zu rühren in die blendenden Augen starrte. Ein Klopfen an der Tür jagte ihr dann einen Todesschrecken ein. Sie befahl ihm, sich unter ihr Bett zu verkriechen, und als es wieder ruhig geworden war, rief sie gleich nach ihrer Zofe, einer tatarischen Gefangnen, und gab ihr die Weisung, ihn vorsichtig in den Garten hinauszugeleiten und wieder über den Zaun steigen zu lassen. Diesmal aber hatte der Seminarist weniger Glück beim Zaunklettern: der Wächter schlief nicht mehr und erwischte ihn an den Beinen, und nachher lief das Gesinde zusammen und drosch draußen auf der Straße tüchtig auf ihn ein, bis ihm schließlich die Schnelligkeit der Füße zur Rettung wurde. Darnach bildete es künftig ein zu gewagtes Unterfangen, an dem Hause vorbeizugehn; denn das Gesinde des Marschalls war groß an Zahl. Er begegnete der Schönen noch einmal in der katholischen Kirche: sie bemerkte ihn sofort und lächelte ihm strahlend liebenswürdig zu, wie einem guten Freund. Ein letztes Mal noch sah er sie dann flüchtig von weitem, und bald darauf reiste der Marschall von Kowno ab; statt der schönen schwarzäugigen Polin schaute nun irgendein fettes Weibsbild aus jenem Fenster. Dies war es, woran Andri dachte, als er so vor sich hinritt, hangenden Hauptes und den Blick auf die Mähne seines Pferdes gesenkt.

Derweil hatte längst die Steppe ihre grünen Arme um den kleinen Trupp geschlagen. Der dichte und hohe Graswuchs verbarg ihn, nur die schwarzen Kosakenmützen sahen noch zwischen den Rispen hervor.

„Potz Kuckuck, warum so trübselig, Burschen?" rief Bulba endlich und raffte sich aus der Versunkenheit auf. „Sind wir denn Mönche, was? Immer munter! Hol der Fuchs die Gedanken! Steckt euch ne Pfeife zwischen die Zähne! Rauchen wir eins, drücken wir unsern Gäulen die Sporen ein! Und los, daß uns der Vogel in den Lüften nicht nachkommt!"

Die Kosaken bückten sich auf die Gäule und verschwanden im Gras. Auch die schwarzen Mützen sah man nicht mehr, nur ein niedergetretner Streifen im Gras blieb als Spur ihres eilenden Rittes.

Die Sonne schaute schon lange von einem entwölkten Himmel herab und tauchte die Steppe in ihr belebendes, wärmendes Licht. Alle Düsternis und Verträumtheit war aus den Köpfen der Kosaken wie weggeblasen; ihre Herzen schüttelten sich gleich erwachenden Vögeln.

Die Steppe wurde schöner, je weiter sie kamen. Zu der Zeit war der ganze Süden, die grenzenlose Fläche, die das heutige Neurußland bildet, bis ans Schwarze Meer hinunter eine jungfräuliche grüne Einöde. Nie war der Pflug durch die unermeßlichen Wellen des Wildwuchses gegangen; nur die Pferde, die sich darin verstecken konnten wie in einem Walde, stampften ihn nieder. Nichts Schöneres gab es auf der Welt – der ganze Erdkreis glich einem grüngoldigen Ozean, über den Millionen von bunten Blumen ausgeschüttet waren. Zwischen den schlanken Grasstengeln schimmerte es lichtblau, tiefblau und lila, der gelbe Ginster hob seine Pyramiden darüber hinaus, das weiße Schaumkraut sprenkelte mit seinen Schirmdolden das Grün, die Weizenähren, Gott mochte wissen, woher sie kamen, reiften in dichter Fülle. Unten huschten Rebhühner mit sichernden Hälsen durch das zierliche Stengelwerk. Die Luft war erfüllt von tausend Vogelstimmen. Unbeweglich hing der Weih mit gespreiteten Flügeln im Himmel und spähte scharf in das Grasmeer. Der Schrei einer fliegenden Wolke von Wildgänsen klang von einem fernen See herüber. Aus dem Gras erhob sich trägen Flügelschlages die Möwe. Und schon ist sie hoch, hoch oben, du siehst sie nur noch als schwarzen Punkt; da macht sie eine Wendung mit den Flügeln und blitzt hell in der Sonne . . . Hol dich der Teufel, Steppe, schön bist du!

Unsere Reisenden machten zu Mittag nur kurze Rast. Die zehnköpfige Kosakenabteilung, die sie begleitete, saß ab und packte die hölzernen Schnapsflaschen aus und die Kürbisflaschen, die als Trinkgefäße dienten. Gegessen wurde nur Zwieback oder Brot mit Salz, trinken durfte keiner mehr als eine Schale voll, denn Bulba duldete unterwegs kein Saufen. Dann ging der Ritt bis an den Abend weiter.

Um diese Zeit verwandelte sich die Steppe: ihre bunte Fläche leuchtete grell in der scheidenden Sonne und wurde langsam dunkler; man sah förmlich den Schatten der Nacht heranlaufen, düstres Grün verhüllte die Erde, die kräftiger zu atmen schien, jede Blume, jedes Gras hauchte Ambra, die weite Steppe dampfte von Wohlgeruch. Am tiefblauen Himmel standen, wie mit dem Pinsel gemalt, breite Streifen von rosigem Gold, verloren leuchtete hier und da ein weißer, durchsichtiger Wolkenbausch, frischer Windhauch, zart schmeichelnd wie Meereswellen, brachte die Wipfel des Grases leise ins Wiegen und war kaum auf der Wange zu spüren. Die starke Musik, die den Tag erfüllt hatte, klang ab, und eine neue erwachte. Bunte Zieselmäuse schlüpften aus ihren Löchern, machten Männchen und erfüllten die Steppe mit hellen Pfiffen. Das Klirren der Grillen wurde heißer. Manchmal scholl von einem einsamen See in der Ferne der Schrei eines Schwans herüber und flirrte wie Silber in der Luft. Die Reisenden machten auf freiem Feld halt, suchten sich einen Lagerplatz, fachten ein Feuer an und stellten den Kessel darauf, in dem sie ihr Hammelfleisch kochten; der Rauch stieg schräg gen Himmel. Nach dem Essen legten sich die Kosaken schlafen und ließen die gekoppelten Gäule weiden. Sie lagen auf ihren Röcken und deckten sich mit dem gestirnten Firmament zu. Hell und rein erklang in der frischen Nachtluft das Summen, Zirpen und Brummen von Myriaden Insekten und lullte sie sanft in Schlaf. Wenn einmal einer aufstand, lag die Steppe übersät von den Lichtpünktchen der Johanniskäfer vor seinem Blick. Hin und wieder zeigte sich, bald da, bald dort, am Himmel ferner Feuerschein: irgendwo in der Steppe oder am Flußufer brannte trocknes Röhricht; und ein nordwärts strebender dunkler Zug von Schwänen erglänzte plötzlich in silbern rosigem Licht – das sah aus, als segelten rote Tücher unter dem dunkeln Himmel dahin.

Kein Abenteuer störte die Reise. Nicht ein einziger Baum kam den Reitern zu Gesicht – nichts als die unendliche Steppe in freier Schönheit. Hier und da nur blauten am Horizont die Wipfel der fernen Waldungen, die die Ufer des Dnjeprs begleiten.

Einmal deutete Taraß auf einen einzigen schwarzen Punkt weit drüben im Gras und sagte zu den Söhnen: „Seht, Burschen, da reitet ein Tatar."

Ein kleiner schnurrbärtiger Kopf musterte sie aus der Ferne mit schiefen Äuglein, witterte wie ein Jagdhund und gab Fersengeld gleich einer Gemse, als er sah, daß die Kosaken selbdreizehnt waren.

„Los, Burschen, probiert einmal, ob ihr den Tataren nicht fangt! – Ach nein, probiert es erst gar nicht – unmöglich, daß ihr den kriegt: sein Gaul kann laufen wie nicht einmal mein Teufel."

Bulba sah sich aber doch vor – man wußte ja nicht, ob nicht irgendeine Teufelei dahinterstecke. Sie schlugen sich zu einem Flüßchen hinüber, das die Tatarka heißt und in den Dnjepr mündet. Dort ging es ins Wasser; sie ritten eine ganze Weile im Flußbett, ihre Spuren zu verwischen. Erst dann wurde wieder das Ufer gewonnen und die Reise fortgesetzt.

Nach drei Tagen näherten sie sich ihrem Ziel. Die Luft wurde plötzlich kühler; die Nähe des Dnjeprs machte sich geltend. Und da blitzte es schon in der Ferne – Wasser und Himmel, geschieden durch den dunkeln Streifen des Horizontes. Der Strom wälzte kühle Wellen und kam näher und näher, bis er endlich den halben Gesichtskreis füllte. Es war die Stelle im Laufe des Dnjeprs, wo er, den Engen und Schnellen entronnen, die Freiheit findet und braust wie das fessellose Meer, wo die Inseln in seiner Strömung ihn noch weiter aus den Ufern drängen und seine Wogen das Land überfluten, ohne daß sich ihnen Klippen und Anhöhen in den Weg stellen.

Die Kosaken saßen ab, führten ihre Gäule auf den Prahm und landeten nach dreistündiger Fahrt am Strande der Insel Chortitza, wo das Lager, dessen Sitz häufig wechselte, zur Zeit seinen Platz hatte.

Ein Haufe Volkes stritt sich am Land mit den Fährleuten herum. Die Kosaken sattelten die Pferde. Taraß warf sich in die Brust, zog seinen Gurt enger und strich sich martialisch den Schnauzbart. Seine Söhne hielten gleichfalls eine Nachmusterung über ihr Äußeres vom Kopf bis zu den Füßen, in einer wolkigen Mischung aus Neulingsfieber und Freude. Dann ritten sie in die Vorstadt ein, von der es noch eine halbe Werst zum Lager war. Betäubend dröhnten ihnen aus fünfundzwanzig unterirdischen, rasengedeckten Schmieden fünfzig Schmiedehämmer entgegen. Stämmige Gerber saßen unter den Vordächern der Häuser und walkten Rindshäute mit ihren starken Fäusten, Händler hielten in Zelten Stahl, Stein und Pulver feil, ein Armenier bot kostbare Tücher zum Kauf, ein Tatar briet Hammelschnitten in Teig am Spieß, ein Jude zapfte mit vorgerecktem Kopf Schnaps aus dem Faß. Der erste Mensch aber, auf den sie stießen, war ein Kosak, der mitten im Weg schlafend lag und alle viere von sich streckte. Taraß Bulba konnte nicht anders: er mußte haltmachen und ihn beinah verliebt bewundern.

„Herrgott, wie protzig er daliegt! Kreuzteufel, was kostet die Welt!“ sagte er und zügelte sein Pferd.

Es war in der Tat ein verwegnes Bild: der Kosak hatte sich wie ein Löwe auf die Straße gelümmelt, sein kühn zurückgeworfner Schopf lag eine halbe Elle lang am Boden, die Pluderhosen aus feinem rotem Tuch waren mit Teer beschmiert, zum Zeugnis dessen, daß er auf solche Dinge einfach pfiff.

Als Bulba sich an diesem Anblick genug ergötzt hatte, ging es weiter durch die enge Straße, wo einem noch dazu die Handwerker, die im Freien ihrer Arbeit nachgingen, überall im Weg herumstanden und Leute aus allen Nationen sich drängten – das Volk dieser Vorstadt, die einem Jahrmarkt glich und für Nahrung und Notdurft des Lagers sorgte, in dem nur geschlemmt und mit den Flinten geknallt wurde.

Endlich lag die Vorstadt hinter ihnen, und sie erblickten einige zerstreut liegende Wachhäuser, teils mit Rasen, teils nach tatarischem Brauch mit Filz gedeckt. Manche davon waren mit Kanonen bestückt. Nichts von einem Palisadenzaun oder jenen niedrigen, auf kurzen Holzsäulen stehenden Häuschen mit Schutzdächern, wie in der Vorstadt. Ein flacher Wall und ein

Verhau ohne jede Bewachung zeugten von staunenswerter Sorglosigkeit. Ein paar stramme Kosaken, die, ihre Pfeifen zwischen den Zähnen, mitten im Weg herumlagen, blickten den Reisenden gleichgültig entgegen und rührten sich nicht vom Fleck.

Taraß ritt mit seinen Söhnen vorsichtig zwischen ihnen hindurch und sagte: „Seid gegrüßt, ihr Herren!"

„Seid gleichfalls gegrüßt!" antworteten die Kosaken.

Wohin man blickte, wimmelte das Volk in bunten Haufen. Den sonnverbrannten Gesichtern sah man es an: dies waren kriegsharte Männer, erprobt in Not und Gefahren. Da war es nun, das Lager! Da war es, das Nest, aus dem sie sich zu weiten Flügen erhoben, die Löwenstarken, die Löwenkühnen! Dies war die Stätte, von der aus Freiheit und Kosakentum das ganze Grenzland beherrschten!

Die Reisenden kamen auf den freien Platz, wo die Ratsversammlung zu tagen pflegte. Auf einem umgestürzten Bottich saß ein Kosak ohne Hemd; er hielt es in der Hand und flickte gemächlich die Löcher darin.

Aufs neue wurde ihnen der Weg verstellt durch eine Schar Musikanten, in deren Kreis ein junger Bursch tanzte, die Mütze keck auf einem Ohr, wild mit den Armen fuchtelnd. Er schrie nur immer: „Spielt schneller, faule Bande! Foma, alter Geizkragen, schenk Schnaps ein für die rechtgläubigen Christen!"

Und Foma, ein Kerl mit einem blaugeschlagnen Auge, goß jedem, der herzutrat, ohne Bezahlung das Schoppenglas voll. Um den jungen Kosaken herum tänzelten vier alte mit kleinen Schritten, sprangen dann wie ein Wirbelwind zur Seite, beinah den Musikanten auf die Köpfe, hüpften plötzlich in der tiefen Kniebeuge umher und stampften rasend schnell und kräftig mit den silbernen Hufeisen unter ihren Hacken den hart getrampelten Boden. Die Erde dröhnte, weithin in die Luft erklangen die Schläge und Wirbel der silberbeschlagnen Hacken. Einer von ihnen aber schrie und tanzte noch wilder als die andern. Sein Haarschopf flatterte im Wind, splitternackt war die kräftige Brust; er hatte seinen dicken Winterpelz an, und der Schweiß strömte von ihm herunter, wie aus der Kanne gegossen.

„Ja, zieh doch, in Gottes Namen, erst deinen Pelz aus!" sagte Taraß endlich. „Ja, seht doch bloß, wie er dampft!"

„Ausgeschlossen!" schrie der Kosak.

„Warum denn?“

„Ausgeschlossen! Das kenn ich nun einmal nicht anders: was ich vom Leib zieh, ist schon versoffen.“

Eine Mütze hatte er längst nicht mehr, der lustige Kamerad, auch keinen Gurt um den Rock und kein gesticktes Tuch – es war alles den Weg zum Juden gegangen.

Die Menge wuchs, neue Tänzer kamen hinzu: man konnte nicht ohne freudiges Herzklopfen sehen, wie alles mitgerissen wurde in den freiesten, wildesten Tanz, den die Welt kennt, und der nach den Männern, aus deren strotzender Kraft er geboren wurde, der Kosakentanz heißt.

„Ach, hätt ich nur den Gaul nicht da!“ schrie Taraß. „Mittanzen würd ich; gleich auf der Stelle tanzte ich mit, bei Gott!“

Inzwischen aber kamen auch gesetztere Leute heran, die für ihre Taten vom ganzen Lager geehrt wurden, alte Grauköpfe, die mehr als einmal zum Ältesten gewählt worden waren. Taraß sah eine Menge bekannte Gesichter. Ostap und Andri lauschten auf die Begrüßungen: „Bist du das, Petscheritza?“ – „Grüß dich Gott, Kosolup!“ – „Wo karrt dich der Teufel her, Taraß?“ – „Woher kommst du, Doloto?“ – „Sei mir gegrüßt, Kirdjäga!“ – „Sei gegrüßt, Gusty!“ – „Daß ich dich noch einmal seh, Remjon!“ Die Recken, die aus den wilden Weiten von ganz Rußland zusammengeströmt waren, küßten sich, und nun hob ein Fragen an: „Was macht Kassian?“ – „Und Borodawka?“ – „Und Kolopjer?“ – „Und Pidßyschok?“ Taraß Bulba mußte hören, Borodawka wäre in Tolopan gehenkt worden, Kolopjer hätten sie in Kisikirmen bei lebendigem Leib geschunden, Pidßyschoks Kopf hinwiederum sei gut eingesalzen in einem Faß nach Stambul gereist. Da ließ der alte Bulba den Kopf hangen und sagte, ins Gedenken verloren: „Waren brave Kosaken!“

Drittes Kapitel

Taraß Bulba war schon fast eine Woche mit seinen Söhnen im Lager. Ostap und Andri befaßten sich nicht viel mit kriegerischen Übungen. Im Lager hielt man wenig davon, Zeit und Mühe an den Friedensdienst zu verschwenden; der Ausbildung und Erziehung der jungen Mannschaft diente allein der praktische Ernstfall, das Schlachtgewühl, das darum auch fast nie zur Ruhe kam. Die

Kosaken hätten es schandbar langweilig gefunden, die kurzen Friedenspausen mit dem Eindrillen irgendeiner Disziplin auszufüllen, höchstens, daß sie hie und da nach der Scheibe schossen und, selten einmal, ein Rennen oder eine Hetzjagd in der Steppe abhielten. Die übrige Zeit gehörte dem Pokulieren, dem man sich wahrhaft großzügig in die Arme warf. So bot das Lager ein erstaunliches Bild: das Leben hier war ein ununterbrochnes Gelage, ein Fest, das lärmend angefangen hatte und dem das Ende abgeschnitten zu sein schien. Der und jener trieb wohl ein Handwerk, manche hatten Buden aufgeschlagen und spielten den Handelsmann; der größte Teil aber zechte vom Morgen bis zum Abend, solange das Geld in der Tasche klang und der Beuteanteil noch nicht ganz in die Klauen der Krämer und Schankwirte gewandert war. Dies ewige Gelage hatte etwas Bezauberndes. Das war keine Versammlung von Schnapsbrüdern, die ihren Gram versaufen, es war ganz einfach das ausgelassene Becherschwingen urfröhlicher Leute. Wer hierher kam, vergaß alsbald und ließ fahren, was ihn bisher erfüllt hatte. Er pfiff auf das Vergangne und gab sich der freien Kameradschaft von seinesgleichen hin, ein Zecher ohne Verwandte und ohne Heimat außer dem weiten Himmel und der ewigen Lust. Hieraus entsprang die unbändige Lebensfreude, die aus keiner andern Quelle hätte fließen können. Die Geschichten und Witze, die man sich, faul auf der Erde liegend, im Kreis der Genossen erzählte, waren oft so komisch und wurden mit solchem Saft und solcher Frische vorgebracht, daß man schon die ganze äußerliche Gelassenheit des Kosaken besitzen mußte, dabei ein steinern ernstes Gesicht zu zeigen und nicht einmal mit dem Schnauzbart zu zucken. So hälts der Südrusse noch heutzutage, und das ist ein Zug, der ihn scharf von seinen Brüdern aus andern Landstrichen unterscheidet. Es war eine trunkne, lärmende Fröhlichkeit, aber es mischte sich nichts vom Ton der gemeinen Kneipe hinein, wo in mühsam gezwungener Lustigkeit der Mensch sich selber vergißt; die Kosakenfröhlichkeit gemahnte an einen vertrauten Kreis von Schulkameraden. Der Unterschied war nur, daß sie, anstatt mit dem Griffel den Zeilen entlangzufahren und dem öden Gewäsch des Lehrers zu lauschen, fünftausend Mann hoch zu Rosse stiegen und auf Abenteuer auszogen; statt der Spielwiese lag ringsum die große Steppe mit unbewachten, freien Grenzen, an denen höchstens einmal ein Tatar flüchtig seinen Kopf zeigte, oder ein grünbeturbanter Türke, ohne sich zu rühren, drohend herübersah. Statt sich, wie's auf der Schule ist, gemeinsam einem fremden Willen zu beugen, waren diese Leute dem eignen Willen gefolgt, hatten Vater und Mutter und Elternhaus verlassen. Es gab welche, die schon den Strick um den Hals gespürt und statt des bleichen Todes das Leben gefunden hatten, das Leben in seinem tollsten Übermut, es gab welche, die nach Ritterbrauch keinen Groschen in ihrer Tasche halten konnten, es gab welche, die bisher einen Dukaten für ein Vermögen gehalten hatten, und denen man, dank den freundlichen Bemühungen der jüdischen Pächter, die Taschen umdrehen konnte, ohne befürchten zu müssen, daß etwas herausfiele. Hier fand man Seminaristen, die sich den akademischen Prügeln nicht hatten fügen wollen und die von der Schule kaum die Kenntnis eines Buchstabens mitbrachten; aber zugleich fand man hier Leute, die sich wohl auskannten im Horaz, im Cicero, in der Geschichte des römischen Staates. Hier fand man viele von den Offizieren, die später in den königlichen Heeren Ruhm gewannen; hier fand man eine Menge jener alten Parteigänger, die die edle Überzeugung hegten, es wäre ganz gleich, für wen man fechte, wenn man nur fechte, weil ein Leben in Frieden eines anständigen Menschen unwürdig sei. Gar mancher war auch im Lager, um dort gewesen zu sein und dadurch in den Geruch des tapfern Ritters zu kommen. Wen es nach kriegerischen Taten gelüstete, oder nach goldnen Bechern, kostbaren Brokaten, nach Dukaten und Realen, für den gabs immer Arbeit. Bloß für Weiberhelden war hier kein Boden – nicht einmal in der Vorstadt des Lagers getraute sich je ein Frauenzimmer auch nur die Nase zu zeigen.

Ostap und Andri dünkte es höchst merkwürdig, was für eine Menge Volkes ins Lager einzog, ohne daß irgendeiner darnach gefragt hätte, woher die Leute kämen, wer sie wären, und wie sie hießen. Sie kamen her, als kehrten sie in ihr eignes Haus zurück, das sie erst vor einer Stunde verlassen hätten. Der neue Gast meldete sich einfach beim Hetman, und der sagte:

„Sei gegrüßt! Glaubst du an Christum?“

„Ja!“ gab der Neuling zur Antwort.

„Und an den dreieinigen Gott glaubst du auch?“

„Ja!“

„Und du gehst in die Kirche?“

„Ja!“

„Also, dann schlag einmal das Kreuz!“

Der Ankömmling bekreuzigte sich.

„Ist schon gut“, sagte der Hetman, „such dir selber die Gemeinde aus, zu der du willst!“

Und damit war die Zeremonie beendet. Das ganze Lager ging in die gleiche Kirche und war bereit, sie bis zum letzten Blutstropfen zu verteidigen, wenn der Kosak auch von Fasten und Kasteien nichts hören wollte. Habgierige Juden, Armenier und Tataren besaßen den Mut, in der Vorstadt zu hausen und Handel zu treiben. Reizen konnte sie das wohl, denn die Lagerbewohner feilschten nicht gern – soviel Geld einer auf gut Glück aus der Hosentasche zog, soviel warf er auch auf den Tisch. Übrigens hatten diese gierigen Krämer ein unsichres Los: sie glichen Leuten, die an den Hängen des Vesuvs Hütten bauen – hatten die Kosaken kein Geld mehr, so schlugen sie ihnen die Buden kurz und klein und nahmen sich, was sie brauchten, ohne zu zahlen.

Das Lager bestand aus mindestens sechzig verschiednen Gemeinden, deren jede eine selbständige Republik darstellte, oder vielleicht noch eher so etwas wie eine Schule, wo die Kinder alles von der Leitung zugeteilt bekommen. Niemand schaffte sich etwas an und besaß Eigentum; alles unterstand dem Gemeindeältesten, den man deshalb auch „Vater" nannte. Er verwaltete das Geld, die Kleider, die Nahrungsmittel, Mehl, Grütze, sogar das Brennholz; jeder gab ihm sein Geld zur Aufbewahrung. Nicht eben selten gab es Streit zwischen den Gemeinden; und dann kam es ohne weitres zur Rauferei. Man begab sich dazu auf den Gerichtsplatz und drosch so lange aufeinander los, bis eine Partei die Oberhand hatte; war es soweit, so wurde zum Abschluß ein großes Trinkgelage gehalten. Auf die Art verging die Zeit im Lager; solch ein Dasein hatte für junge Gemüter einen eignen Reiz.

Ostap und Andri stürzten sich mit dem ganzen Feuer der Jugend in dieses Meer der Freuden und vergaßen mit einem Schlag Vaterhaus und Schule und alles, was sonst ihr Herz bewegt hatte. Das neue Leben füllte ihr Denken aus. Alles fesselte sie hier: die fröhlichen Bräuche des Lagers und seine knapp und bestimmt gefaßten Regeln und Gesetze, die sie für solch eine freie Republik manchmal beinah etwas streng dünkten: ließ sich ein Kosak auf Diebereien ein, stahl er auch nur eine wertlose Kleinigkeit, so galt das als Schmach für die ganze Kosakenschaft; er wurde als ehrloser Lump an den Schandpfahl gebunden, und neben ihm lag ein Knüppel, mit dem mußte ihm jeder, der des Weges kam, einen Hieb versetzen, bis er zu Tode geschlagen war. Wer eine Schuld nicht bezahlte, wurde in Ketten an eine Kanone geschmiedet und saß dort so lange, bis einer von den Kameraden sich bereit fand, ihn durch Bezahlung der Schuld zu befreien. Den tiefsten Eindruck aber gewann Andri von der furchtbaren Strafe, die den Totschläger traf. An dem Platz, wo man ihn griff, wurde alsbald eine

Grube ausgehoben, man stieß den Mörder hinein, stellte den Sarg mit der Leiche seines Opfers auf ihn und schaufelte wieder zu. Lange Zeit ging Andri die Erinnerung an solch eine grausige Hinrichtung nach, lange noch schwebte ihm das Bild des mit dem Sarg zusammen lebendig Begrabnen vor Augen.

Die beiden jungen Kosaken waren bald wohlgelitten bei den Kameraden. Oft zogen sie mit andern aus ihrer Gemeinde, manchmal auch mit der ganzen Gemeinde oder mit den Nachbargemeinden vereint, in die Steppe hinaus und schossen dort Mengen von Steppenvögeln, Hirschen und Rehen, oder sie fischten mit Netz und Angel in den Seen, Flüssen und Bächen, die den einzelnen Gemeinden durch das Los zugeteilt waren, und brachten reichen Fang für das Lager heim. Wurde das auch nicht zu den edeln Künsten gerechnet, in denen sich der richtige Kosak erprobt, sie konnten sich hier doch vor andern jungen Leuten durch Mut hervortun und dadurch, wie gut ihnen alles von der Hand ging. Geschickt und sicher schossen sie nach der Scheibe, sie durchschwammen den Dnjepr gegen den Strom – eine Leistung, für die man den Neuling schon feierlich in den Kreis der Kosaken aufnahm.

Der alte Taraß aber hatte andres mit ihnen im Sinn. Solch ein bummliges Leben war nicht nach seinem Geschmack – sie sollten richtig was lernen. Er ließ es sich durch den Kopf gehn: man müßte das Lager zu irgendeiner kecken Unternehmung aufstacheln, bei der seine Söhne sich tummeln könnten, wie sichs für Ritter geziemt. Endlich ging er eines schönen Tages zum Hetman und sagte ihm gerade heraus:

„Na, Hetman, findest du nicht, daß es Zeit war für einen fröhlichen Krieg?"

Der Hetman nahm ruhig das Pfeifchen aus dem Mund und spuckte zur Seite.

„Ja, das kannst du leicht sagen. Und gegen wen denn?" erwiderte er.

„Dumme Frage! Gegen das Türkenpack oder das Tatarengesindel.",

„Türkenpack und Tatarengesindel – ganz ausgeschlossen", sagte der Hetman und schob die Pfeife wieder mit Seelenruhe zwischen die Zähne.

„Was heißt denn: ausgeschlossen?"

„Das heißt . . . Wir haben dem Sultan nun einmal den Frieden beschworen."

„Er ist doch ein Muselmann, Gott und die Heilige Schrift befehlen, gegen die Moslim zu kämpfen."

„Wir haben das Recht nicht dazu. Wenn wir es ihm nicht bei unserm Glauben zugelobt hätten, dann könnte es vielleicht noch zur Not sein, daß es ginge. So aber nicht! Es geht nicht."

„Was heißt: es geht nicht? Was redest du da: wir haben kein Recht? Und ich hab zwei Söhne, zwei junge Burschen. Ist noch keiner von ihnen ein einziges Mal im Krieg gewesen, und du sagst, wir haben kein Recht? Und du sagst, die Kosaken sollen nicht losgehn?"

„Weil es sich nicht gehört."

„So? Aber gehört es sich denn, daß die Kosakenkraft einfach für nichts veraast wird, daß der Mensch verfault wie ein Hund, ohne richtig etwas zu tun, ohne der Heimat und der ganzen Christenheit den kleinsten Nutzen zu bringen? So? Wozu leben wir dann, möcht ich wissen, Hölle und Teufel, wozu denn? Erklär mir das mal! Bist ein gescheiter Kerl, nicht wahr, man weiß, weshalb du zum Hetman gewählt bist: erklär mir einmal, wozu wir dann leben?"

Der Hetman gab keine Antwort auf diese heftige Frage. Er war ein dickschädliger Kosak. Er blieb eine Weile stumm und sagte dann:

„Krieg gibt es drum doch nicht."

„Krieg gibt es also nicht?" fragte Taraß von neuem.

„Nein."

„Also, gar nicht daran zu denken, was?"

„Gar nicht daran zu denken, nein."

– Wart nur, du Teufelsbraten! dachte Bulba bei sich. – Du lernst mich noch kennen! – Und er beschloß, dem Hetman das einzutränken, je früher, je besser.

Er munkelte heimlich mit dem und jenem und gab dann seinen Getreuen ein tüchtiges Fest. Von dort zogen die berauschten Kosaken, ihrer wenige nur an Zahl, auf den Platz, wo an einer Säule die Kesselpauken hingen, deren Klang die Kosaken zur Ratsversammlung berief. Da sie die Schlegel nicht fanden, weil sie der Pauker in sicherm Gewahrsam hatte, griff jeder zu einem Holzscheit und ballerte munter drauf los. Auf den Lärm hin kam zuerst der Pauker gelaufen, ein langer Kerl mit nur einem Auge, das aber verschlafen aussah für zwei.

„Wer untersteht sich, die Pauken zu schlagen?" schrie er.

„Halts Maul! Nimm deine Schlegel und gib Alarm, wenn mans dir befiehlt!" erwiderten die trunknen Ältesten.

Der Pauker zog ungesäumt die Schlegel hervor, die er gleich mitgebracht hatte, weil er wohl wußte, was für ein Ende solche Geschichten zu nehmen pflegten. Die Pauken dröhnten, und alsbald wimmelten die Kosaken in dunkeln Scharen wie Hummeln über den Platz. Sie bildeten einen Ring, und nach dem dritten Wirbel erschien endlich die höchste Behörde: der Hetman, als Zeichen der Herrschaft den Stab in der Hand, der Richter mit dem Heeressiegel, der Schreiber mit dem Tintenfaß, der Oberstleutnant mit dem Stock. Der Hetman und die Beamten zogen die Mützen und verneigten sich nach allen Seiten vor den Kosaken, die spreizbeinig standen, die Fäuste in die Hüften gestemmt.

„Was bedeutet diese Versammlung? Was wünscht ihr Herren?" sagte der Hetman.

Wüstes Geschimpf und Geschrei unterbrach ihn. „Leg den Stab hin! Legst du wohl gleich den Stab hin, Satansbraten! Wir wollen dich nicht mehr!" schrieen ein paar Kosaken aus der Menge.

Einige nüchtern Gebliebne schienen sich widersetzen zu wollen; und es entspann sich ein wildes Gerauf zwischen Nüchternen und Betrunknen. Der Spektakel griff um sich.

Der Hetman wollte anfangs noch einmal das Wort erbitten, aber er wußte, daß die hitzige Versammlung imstande war, ihn als Antwort darauf zu Tode zu prügeln. Das pflegte bei solchen Gelegenheiten häufig das Ende zu sein. Darum verneigte er sich respektvoll, legte den Stab hin und tauchte schnell in der Menge unter.

„Ihr Herren, befehlt ihr, daß auch wir die Amtszeichen niederlegen?" sagten der Richter, der Schreiber und der Oberstleutnant und waren schon drauf und dran, Tintenfaß, Heeressiegel und Stock von sich zu tun.

„Nein, ihr bleibt!" schrie es aus der Menge. „Wir wollten nur den Hetman forthaben – er ist ein altes Weib, wir brauchen ein Mannsbild als Hetman."

„Wen wählt ihr denn nun zum Hetman?" fragten die Beamten.

„Kukubenko wollen wir!" schrieen einige.

„Nichts Kukubenko!" schrieen andere. „Ist zu jung, hat ja noch einen Milchbart!"

„Schilo soll Hetman sein!“ schrieen wieder andre. „Wir wollen Schilo zum Hetman!“

„Steckt ihn euch in den Hintern, den Schilo!“ ereiferte sich wütend die Menge. „Ist das auch ein Kosak? Das Diebsgesicht! Der Hundsfott stiehlt wie ein Tatar! Zum Teufel in die Hölle mit euerm Schilo, dem Süffel!“

„Borodaty! Borodaty wird Hetman!“

„Wir wollen keinen Borodaty! Des Teufels Großmutter soll ihn versohlen!“

„Schreit: Kirdjäga!“ flüsterte Taraß Bulba einigen zu.

„Kirdjäga! Kirdjäga!“ schrie die Menge. „Borodaty! Borodaty! Kirdjäga, Kirdjäga! Schilo! Zum Teufel mit Schilo! Kirdjäga!“

Alle die Kandidaten drückten sich, sobald sie ihren Namen rufen hörten, schleunigst aus dem Ring, daß ja nicht die Meinung aufkommen könnte, sie bemühten sich etwa persönlich um ihre Wahl.

„Kirdjäga! Kirdjäga!“Der Name wurde am lautesten gerufen. „Borodaty!“

Man ging daran, sich mit den Fäusten zu überzeugen, und Kirdjägas Freunde gewannen den Sieg.

„Holt Kirdjäga!“ wurde geschrieen.

An die zehn Kosaken machten sich spornstreichs auf; ein paar davon konnten kaum auf den Füßen stehen – so schwer hatten sie geladen. Sie suchten Kirdjäga, ihn von seiner Erwählung zu unterrichten.

Kirdjäga war ein alter Kosak und ein heller Kopf. Er saß schon lange zu Hause und tat jetzt so, als hätte er keine Ahnung davon, daß etwas Besondres geschehen war.

„Nun, ihr Herren? Was wünscht ihr?“ fragte er.

„Komm mit! Du bist zum Hetman gewählt.“

„Jesus Barmherzigkeit, ihr Herren!“ sagte Kirdjäga. „Wie soll mir so eine Ehre anstehn? Was wär ich denn für ein Hetman! Da reicht es bei mir ja im Kopf nicht, um so ein Amt zu verwalten. Habt ihr denn keinen Bessern finden können im ganzen Heer?“

„Geh einfach mit, wenn man es dir sagt!“ schrieen die Kosaken.

Zwei von ihnen packten ihn bei den Armen, und wie er sich auch mit den Füßen stemmte, er wurde schließlich doch auf den Platz geschleppt, unter Schimpfworten, Rippenstößen, Fußtritten und freundlichem Zuspruch, wie diesem: „Hörst du jetzt noch nicht bald auf mit dem Bocken, du Teufelsbraten? Wenn man dir die Ehre erweist, Hundsfott, so nimm sie an!" Auf diese Art wurde Kirdjäga in den Ring der Kosaken geführt.

„Nun, wie ist es, ihr Herren?" riefen die Leute, die ihn gebracht hatten. „Ist es euch recht, daß dieser Kosak unser Hetman wird?"

„Ist uns schon recht!" schrie der Haufe, und von seinem Geschrei erdröhnte die Weite.

Einer von den Beamten nahm den Stab und trug ihn dem neugewählten Hetman hin. Kirdjäga weigerte sich, wie es Brauch war, ihn zu empfangen. Der Beamte reichte ihm den Stab zum zweitenmal. Zum zweitenmal wies ihn Kirdjäga zurück, und erst beim drittenmal nahm er ihn an. Die Menge brach in tosenden Beifall aus, und wiederum dröhnte von dem Geschrei der Kosaken die Weite. Dann traten aus dem Kreise des Volkes vier von den ältesten Männern, Kosaken mit grauen Schöpfen und grauen Bärten. Sehr alte Leute gab es freilich im Lager nicht, weil kein Kosak eines natürlichen Todes starb. Jeder der vier nahm eine Handvoll Erde und legte sie dem Hetman aufs Haupt. Die Erde war völlig vom Regen durchweicht und zu Schmutz geworden, sie rann ihm vom Kopf herunter, über den Schnauzbart, über die Wangen, und verschmierte ihm das ganze Gesicht. Kirdjäga aber stand, ohne zu zucken, und dankte den Kosaken für die erwiesene Ehre. So war denn die stürmische Wahl vollzogen. Es hatte vielleicht nicht jeder Freude daran, Taraß Bulba aber genoß seine Rache an dem früheren Hetman; und außerdem war Kirdjäga ein alter Kamerad von ihm, sie hatten die gleichen Feldzüge zu Wasser und Land hinter sich gebracht, hatten Not und Mühen des Kriegerlebens gemeinsam getragen.

Das Volk zerstreute sich nun, die Wahl zu feiern, und es erhob sich ein Pokulieren, wie es Ostap und Andri noch nicht erlebt hatten. Die Kneipen wurden zertrümmert, Met, Schnaps und Bier raffte man ohne Bezahlung an sich; die Schankwirte waren herzlich froh, wenn nur sie selber ganz blieben. Die Nacht verging mit Geschrei und Liedern zum Preise tapfrer Taten; als der Mond aufgegangen war, sah er sie noch lange durch die Straßen ziehen, die Musikanten mit Pandoren, Theorben und Lauten und den Kirchenchor, der nicht nur bestallt war, beim Gottesdienste zu singen, sondern auch den Kosakenruhm mit weltlichen Liedern zu preisen. Endlich begannen der Rausch und die Müdigkeit die starken Männer zu fällen. Bald hier, bald dort sah man einen Kosaken zu Boden sinken; Kameraden umarmten sich tief gerührt, schluchzten gottsjämmerlich und fielen innig umschlungen in den Dreck. Hier lag ein ganzer Haufe beisammen; dort suchte einer sorgsam nach einem recht bequemen Plätzchen und legte sich dann grade auf einen Holzklotz. Der letzte, der Held, der am meisten vertrug, hielt noch für sich allein eine nicht sehr klar geordnete Rede; schließlich überwältigte auch ihn der mächtige Rausch, er taumelte nieder, und nun schnarchte das ganze Lager.

Viertes Kapitel

Am nächsten Tag schon beriet Taraß Bulba mit dem neuen Hetman darüber, wie man die Kosaken zu irgendeiner Unternehmung aufstacheln könnte. Der Hetman war ein kluger, mit allen Wassern gewaschner Kosak, der seine Genossen der Länge und Breite nach kannte. Er sagte anfangs:

„Meineidig werden dürfen wir nicht, das geht nicht." Dann aber, nach einem kurzen Schweigen, fuhr er fort: „Na, am Ende gehts doch: meineidig werden wir nicht, aber es läßt sich vielleicht etwas machen. Sieh zu, daß das Volk sich versammelt – nicht als ob ich es befohlen hätte, sondern nur so auf den eignen Kopf hin; du weißt schon, wie man das macht –, und dann komm ich mit den Beamten gelaufen, und wir . . . wir wissen von nichts."

Es war seit dieser Unterhaltung noch keine Stunde verstrichen, als schon die Pauken erdröhnten. Auch heute fehlte es nicht an betrunknen und aufgeregten Kosaken. Eine Unzahl von schwarzen Lammfellmützen wimmelte auf dem Platz. Sie fragten: „Wer hat . . .? Weshalb ist . . .? Was ist denn los, daß man sich versammelt?" – Niemand gab Antwort. Schließlich hörte man bald hier, bald da aus der Menge murrende Rufe: „Da geht die Kosakenkraft ganz umsonst vor die Hunde – ohne Krieg! Wohl sein lassen sie sichs, die Ältesten, vor Fett sehn sie bald nicht mehr aus den Augen! Das muß man schon sagen: keine Gerechtigkeit gibt es mehr auf der Welt!" – Die andern Kosaken hörten das anfangs ruhig an, dann begannen sie gleichfalls zu brummen:

„Das ist schon wahr: keine Gerechtigkeit gibt es mehr auf der Welt!"

Die höchste Behörde zeigte sich baß erstaunt über solche Worte. Endlich trat der Hetman vor und sagte: „Gestattet ihr mir, ihr Herren, daß ich eine Rede halte?“

„Red nur zu!“

„Also, wenn man es richtig betrachtet, ihr edeln Herren, und ihr wißt das wahrscheinlich besser als ich, so reden die Leute davon, daß viele Kosaken bei den Schnapsjuden und bei ihren Kameraden so tief in der Kreide stecken, daß ihnen kein Kuckuck mehr etwas borgt. Und wieder, wenn man es richtig betrachtet, so reden die Leute, daß wir viele junge Burschen da haben, die überhaupt noch gar nichts vom Kriege kennen, wo's doch für junge Leute – das wißt ihr ja selber, ihr Herren – ohne Krieg nichts Richtiges ist. Wie soll aus so einem ein Kosak werden, wenn er seiner Lebtage nicht gegen die Moslim ins Feld zieht?“

„Er redet gar nicht so dumm“, sagte Bulba.

„Denkt nur nicht, ihr Herren, daß ich das vielleicht sage, um den Frieden zu brechen – Gott soll mich bewahren! Ich sag das bloß so. – Na ja, und dann haben wir hier ein Gotteshaus, es ist eine Schande, wie's aussieht. Die langen Jahre, die das Lager schon steht . . .! Und bis heute – ich sage ja nichts von der Kirche von außen –, bis heute sind sogar die Heiligenbilder drinnen ohne den kleinsten Schmuck. Wenn ihnen nur irgendeiner eine silberne Fassung hätte stiften wollen! Das bißchen haben sie gekriegt, was ihnen ein paar Kosaken im Testament vermacht haben; und was ist das schon gewesen – das meiste haben sie ja bei Lebzeiten selber versoffen. – Also, ich sag das nicht, weil ich Krieg möchte mit den Moslim: wir haben dem Sultan den Frieden versprochen und würden uns durch einen Wortbruch versündigen, weil wir auf unser Gesetz geschworen haben.“

„Wozu er den Unsinn vorbringt . . .!“ murmelte Bulba.

„Ja, ihr seht selber, ihr Herren, mit Krieg anfangen ists nichts – die Ritterehre steht dem im Weg. Aber in meinem dummen Kopf denk ich mirs so: sollen die jungen Leute allein in die Kähne steigen und hinunterfahren und sich die anatolische Küste ein bißchen ansehn. Was meint ihr, ihr Herren?“

„Führ uns, führ uns alle!“ schrie der Ring der Kosaken. „Für den Glauben halten wir gern den Kopf hin.“

Der Hetman erschrak. Er hatte keineswegs das ganze Lager aufrufen wollen. Wie die Sache lag, dünkte es auch ihn nicht ehrenhaft, den Frieden zu brechen.

„Erlaubt mir, ihr Herren, noch eine Rede zu halten?"

„Hör schon auf!" schrieen die Kosaken. „Was Klügeres sagst du nicht mehr!"

„Soll es so sein, dann mag es so sein! Ich bin der Knecht eures Willens. Es ist eine bekannte Sache und steht ja auch in der Schrift, daß Volkes Stimme so gut ist wie Gottes Stimme. Etwas Klügeres denkt sich wohl keiner aus, als was das Volk im Ganzen sich denkt. Nur eins will ich noch sagen: ihr wißt ja, ihr Herren, der Sultan läßt doch den Spaß, den unsere Burschen vorhaben, nicht unvergolten. Und wir wären dann schön bereit, und unsere Kräfte wären noch frisch, und wir würden uns wohl nicht fürchten vor ihm. Und wenn wir fortgehn, könnte auch das Tatarenpack unser Lager besuchen; die tückischen Hunde – ins Gesicht hinein wagen sie's nicht, und wenn der Herr daheim ist, sehn sie sich vor, aber von hinten beißen sie uns in die Hacken, und so, daß es weh tut. Und wenn man dann schon die reine Wahrheit sagen soll: wir haben nicht so viel Kähne im Vorrat, und Pulver ist auch nicht in solchen Mengen gemahlen, daß alle mitgehen könnten. Aber mag es so sein, wenn ihr wollt – ich bin der Knecht eures Willens."

Der schlaue Hetman hatte gesprochen. Die Haufen begannen zu verhandeln, die Gemeindeältesten berieten sich untereinander; Betrunkne gab es zum Glück nicht viele, und darum wurde beschlossen, dem vernünftigen Rat zu folgen.

Unverweilt fuhr eine kleine Schar zum andern Dnjepr-Ufer hinüber, wo die Vorratskammern des Lagers waren und in unzugänglichen Schlupfwinkeln unter dem Wasser im Schilf der Heerschatz und ein Teil der erbeuteten Waffen verborgen lagen. Die andern gingen zu den Kähnen, sie nachzusehen und für die Kriegsfahrt zu rüsten. Auf einmal war der ganze Strand voller Menschen. Die Zimmerleute kamen mit ihren Äxten. Alte sonnverbrannte, breitschultrige, stämmige Kosaken mit grauen und schwarzen Schnauzbärten standen, die Pluderhosen aufgekrempelt, bis zum Knie im Wasser und zogen die Kähne an starken Tauen vom Strand. Andre schleppten trockne Balken und allerlei Holzwerk heran. Hier wurde ein Kahn mit Planken verkleidet, dort band man andern nach Kosakenbrauch lange Schilfbündel an den Außenbord, damit sie draußen bei Seegang nicht kenterten; weiterhin wurden den ganzen Strand entlang Kessel aufgestellt und in ihnen Pech zum Dichten der Kähne erhitzt. Die erfahrnen Alten lernten die Jungen an. Das Geklopf und Geschrei der Arbeiter erscholl über das Wasser, es war ein Gewimmel am Strand.

Da näherte sich dem Ufer ein großer Prahm. Die vielen Leute, die darauf standen, winkten schon von weitem erregt mit den Händen. Es waren Kosaken in arg zerrissenen Röcken. Ihr schäbiger Aufzug – viele hatten nichts am Leib als das bloße Hemd und die kurze Pfeife zwischen den Zähnen – ließ ahnen, daß sie entweder sehr schlimme Tage erlebt oder aber sich so lustige Tage gemacht hatten, daß all ihr Hab und Gut bis auf die letzten Gewänder versoffen war. Aus ihren Reihen hervor trat ein kleiner, breitschultriger Kosak so um die Fünfzig herum. Er schrie lauter als alle andern und fuchtelte heftig mit den Armen. Aber vor dem Lärm der Arbeiter konnte man nichts von seinen Worten verstehn.

„Was bringt ihr Gutes?“ fragte der Hetman, als der Prahm an Land stieß.

Alle die Arbeiter ließen Hammer und Meißel ruhen und schauten erwartungsvoll auf.

„Schlechte Post!“ schrie der kleine Kosak vom Prahm herüber.

„Was denn für eine Post?“

„Gestattet ihr mir, ihr Herren Kosaken, eine Rede zu halten?“

„Sprich nur!“

„Oder wollt ihr vielleicht die Ratsversammlung berufen?“

„Sprich nur, wir sind hier alle versammelt!“

Das Volk drängte sich eilend zuhauf.

„Habt ihr denn wirklich gar nichts davon gehört, was in der Hetmanschaft los ist?“

„Was ist denn los?“ fragte einer von den Gemeindeältesten.

„Fragt nicht so dumm! Euch hat der Tatar wohl Dreck in die Ohren gestopft, daß ihr nichts gehört habt?“

„Sag einfach, was los ist!“

„Sachen, wie sie noch kein getaufter Christenmensch früher gesehn hat.“

„Also mach keine Umschweife, Hundsfott!“ schrie einer aus der Menge, dem die Geduld riß.

„Zeiten sind es, daß uns sogar unsere Kirchen nicht mehr gehören.“

„Was heißt: nicht gehören?"

„Sie sind an die Juden verpachtet. Wenn du dem Juden nicht im voraus das Geld dafür gibst – keine Messe wird dir gelesen!"

„Red keinen Unsinn!"

„Und wenn das jüdische Schwein nicht zuerst mit den unreinen Pfoten sein Zeichen über die heilige Hostie macht, darfst du kein Abendmahl feiern."

„Schwindel, ihr Herren und Brüder, das kann doch nicht sein, daß ein unreiner Jude Zeichen über die heilige Hostie macht!"

„Hört nur zu! Das ist noch gar nichts: die römischen Pfaffen fahren jetzt in Bauernkarren durchs ganze Grenzland. Das aber ist nicht das Schlimme, daß sie in Bauernkarren fahren, das Schlimme ist, daß sie keine Pferde vorspannen, sondern rechtgläubige Christen. Hört nur zu! Das ist noch gar nichts: die Judenschicksen nähen sich Röcke aus Meßgewändern. So geht es zu im Grenzland, ihr Herren! Und ihr sitzt im Lager und sauft, der Tatar hat euch wohl so ins Bockshorn gejagt, daß ihr keine Augen und Ohren mehr habt und nicht hört, was in der Welt los ist?"

„Wart einmal!" unterbrach ihn der Hetman, der bisher gesenkten Blickes gestanden hatte. Kein Kosak folgt in ernsten Dingen der ersten Wallung, sondern er schweigt und speichert in seinem Innern die grimme Kraft seines Unwillens an. „Wart einmal! Ich will euch ein Wort sagen. Und ihr – der Teufel soll euren leiblichen Vater versohlen –, was habt ihr denn getan? Habt ihr keinen Säbel gehabt? Was war eure Antwort auf solche Greuel?"

„Ihr habt leicht reden! Antwort auf solche Greuel . . . Hättet ihrs doch probiert, wo's von Polacken allein an die fünfzigtausend waren. Und – hängen wir der Katze die Schelle nur um – auch unter den Unsern hats Lumpen gegeben, die übergetreten sind zu denen ihrem dreckigen Glauben."

„Und euer Hetman und die Obersten – was haben die gemacht?"

„Die Obersten sind gemacht worden, und zwar so, daß Gott uns alle in Gnaden davor behüte!"

„Was soll das heißen?"

„Das heißt es, daß unser Hetman heut in einem Kupferkessel gebraten zu Warschau liegt; und die Hände und Köpfe von unsern Obersten führen sie auf den Jahrmärkten herum und stellen sie vor dem Volk aus. Das haben unsere Obersten gemacht; jetzt wißt ihrs!“

Gleich einer Welle ging es durch die Versammlung. Anfangs lastete den ganzen Strand entlang ein Schweigen, wie es wütenden Stürmen vorausgeht; plötzlich aber erhoben sich Stimmen, das Ufer erbrauste von zornigen Worten:

„Was . . .! Die Juden haben christliche Kirchen in Pacht . . .! Die römischen Pfaffen spannen rechtgläubige Christen an ihre Deichseln . . .! Was . . .! Solche Martern muß man auf russischer Erde von den verfluchten Ketzern erleiden . . .! So springt man mit den Obersten und dem Hetman um . . .! – Nein, das dulden wir nicht, nein, das dulden wir nicht!“

Solche Reden flackerten überall auf. Die Kosaken lärmten empört und spürten im Zorn ihre Kraft. Dies war nicht mehr die fliegende Hitze leichtsinniger Glücksritter – hier entrüsteten sich feste und männische Herzen bis in ihr Tiefstes, Leute mit trotzigen Köpfen, die langsam Feuer fangen, in denen aber, ist es einmal geschehen, die Glut nicht so bald wieder stirbt und verglimmt.

„An den Galgen das ganze Judenpack!“ gellte es aus der Menge. „Sie sollen ihren Schicksen nicht Röcke aus Meßgewändern nähen! Sie sollen nicht Zeichen machen über die heilige Hostie! In den Dnjepr mit den Ungläubigen! Ersäuft sie!“

Dies Stichwort, das irgendeiner gegeben hatte, schlug wie der Blitz ein, die Menge strömte in die Vorstadt, entschlossen, alle Juden niederzumachen.

Den unglücklichen Söhnen Israels, die von Haus aus keine Helden waren, fiel das Herz in die Hosen, sie verkrochen sich in leere Schnapsfässer, in Backöfen und sogar unter die Röcke ihrer Schicksen; aber die Kosaken stöberten sie überall auf.

„Erlauchteste Herren!“ schrie ein langer, dürrer Jude und reckte seine jämmerliche, angstverzerrte Visage über die Häupter seiner Genossen vor. „Erlauchteste Herren! Laßt doch die armen Jüden sagen ä Wort, ä einzigstes Wort! Mer wollen euch eppes verzählen, was ihr noch nie habt gehört – eine so grauße Sache, es läßt sich gar nix beschreiben, wie grauß!“

„Na, laßt ihn reden!“ sagte Bulba, der immer dafür war, auch den Angeklagten zu hören.

„Erlauchte Herren!“ stammelte der Jude. „Solche Herren hat mer noch niemals gesehn, Gott soll mich strafen, gar nie! So goldne, so graußmütige, tapfre Herren waren noch nich auf der Welt!“ Seine Stimme erstarb und bebte vor Angst. „Wer hat gesagt, daß mer könnten denken eppes Schlechtes von den Herren Kosaken? Das sind nich ünsere Leut, was machen den Pächter im Grenzland! Gott soll mich strafen: nich ünsere Leut . . . So was tut doch kä Jüd, der Teufel soll wissen, was das fer ä Volk is; anspucken soll mer de Gannefs, kalt soll mer se machen. Nu–u, sagen nich meine Freunde das gleiche? Is es die Wahrheit oder nich, was sagste, Schlomm, und du, Schmuhl, was sagste?"

„De lautere Wahrheit, Gott soll üns strafen!" krächzten Schlomm und Schmuhl, die Gesichter unter den zerlumpten Mützen weiß wie die Wand.

„Mer wären üns doch ßu gut", fuhr der lange Jude fort, „daß mer hätten mögen auch nur bloß hinriechen ßu den Feinden; und de Katholischen, gar nix kennen wollen mer se: Gras soll wachsen vor ihre Tür! Wo mer doch sind ßu de Kosaken als wie die leiblichen Brüder . . .!"

„Was, wir Kosaken leibliche Brüder von euch . . .?" schrie einer aus der Menge. „Das werdet ihr nicht erleben, verfluchte Juden! An den Dnjepr mit dem Gesindel, ihr Herren, ersäuft sie, die Ungläubigen!"

Diese Worte waren das Zeichen. Die Juden wurden gepackt und ins Wasser geworfen. Klägliches Wehgeschrei erscholl weit und breit, aber die rauhen Kosaken lachten bloß, wie sie die Judenfüße beschuht oder strümpfig in der Luft zappeln sahen.

Der unglückliche Wortführer, der sich selbst um Kopf und Kragen geredet hatte, schlüpfte aus dem Kaftan, an dem man ihn schon gepackt hielt: er stürzte sich, bloß noch das scheckige, enge Kamisol am Leibe, Bulba zu Füßen, umklammerte seine Knie und flehte gottsjämmerlich:

„Graußmächtiger Herr, erlauchter Herr Graf! Iach hab doch gekennt Euern Bruder, den Herrn Doroscho, Gott hab ihn selig! Er is gewesen ä Krieger, was war de Blüte der Ritterschaft. Iach hab ihm gegeben ßu leihen achthundert Zechinen, daß er sich konnte kaufen los aus der Gefangenschaft bei de Terken . . ."

„Du hast den Bruder gekannt?" fragte Taraß.

„Gott soll mich strafen, wenn ich ihn nich soll haben gekennt! Er is gewesen ßu sein ne Seele von einem Herrn."

„Wie heißt du?"

„Jankel."

„Also, ist recht“, sagte Taraß und wendete sich nach kurzem Überlegen an die Kosaken: „Den Juden aufzuknüpfen ist immer noch Zeit; für heute gebt ihr ihn mir!“

Sprachs und führte ihn zu einem der Packwagen, wo seine Leute waren.

„Also, kriech unter den Wagen und leg dich hin und muckse dich nicht; und ihr, Brüder, paßt mir gut auf den Juden!“

Damit eilte der alte Taraß zum Gerichtsplatz, wohin schon das ganze Volk geströmt war. Der Strand lag ausgestorben, kein Kahn mehr wurde gedichtet – jetzt galt es nicht mehr dem Feldzug zu Wasser, sondern einem zu Lande. Da brauchte es nicht Schiffe, noch Kosakenboote, sondern Rosse und Wagen. Und nun wollte alles ins Feld, Alte und Junge; einstimmig wurde auf den Rat der Gemeindeältesten, des Hetmans und nach dem Willen des ganzen Kosakenheeres beschlossen, geradeswegs gegen Polen zu reiten, Rache zu nehmen für all die Unbill, für die Schändung des Glaubens und der Kosakenehre, die Städte zu plündern, die Dörfer und das Korn auf dem Felde zu brandschatzen, Ruhm zu gewinnen, der weit über die Steppe klänge. Schon gürtete sich ein jeder und griff nach den Waffen. Der Hetman war förmlich um eine Elle gewachsen. Dies war nicht mehr der zaghafte Knecht jeder Laune des freien Volkes, dies war ein unumschränkter Gebieter, war ein Despot, der nur zu befehlen verstand. Alle die eigenwilligen Becherschwinger und Ritter standen sauber ausgerichtet in Reih und Glied, sie senkten in Ehrfurcht das Haupt und wagten den Blick nicht zu heben, da der Hetman die Ordre ausgab. Er tat es mit leiser Stimme, ohne Schreien und Hast, sehr langsam und deutlich, wie ein alter Kosak, der sein Geschäft kennt und nicht zum erstenmal einen wohldurchdachten Kriegsplan ins Werk setzt.

„Schaut auf eure Ausrüstung; daß mir keiner was übersieht!“ sagte er. „Bringt die Packwagen und die Teereimer in Ordnung, prüft eure Waffen! Ladet euch kein unnützes Zeug auf den Buckel: ein Hemd und zwei Paar Hosen für jeden und einen Topf Mehl oder Hirsebrei – mehr schleppt keiner mit sich! An Vorrat ist alles, was nur gebraucht wird, bei der Bagage. Zwei Pferde nimmt jeder Kosak ins Feld. Und zweihundert Paar Ochsen folgen im Troß, zum Vorspann an Furten und auf sumpfigem Boden. Und vor allem haltet mir Ordnung und Mannszucht, ihr Herren! Ich weiß, es gibt unter euch Leute, die, sowie der liebe Gott ein bißchen Beute beschert, gleich wie Verrückte Nanking und kostbaren Samt zu Fußlappen zerreißen. Laßt diesen höllischen Unfug, kümmert euch nicht um Röcke und Fetzen, nehmt nur Waffen, wenn ihr was Gutes bekommt, und Dukaten und Taler, weil das handliche Beute ist, die euch überall nützt! Und eins, ihr Herren, sag ich euch gleich: wenn sich einer im Felde besäuft – wie einen Hund laß ich den an den Packwagen binden, wer es auch sei, und mag es der beste Kosak aus dem Heer sein – wie ein Hund wird er auf der Stelle erschossen und ohne Begräbnis den Vögeln als Frühstück liegen gelassen, weil einem Saufaus im Felde kein ehrliches Christenbegräbnis gebührt. Ihr Jungen, hört mir gut auf die Alten! Wenn eine Kugel euch trifft oder ein Säbelhieb auf den Kopf oder wo anders hin, so glaubt nicht gleich, daß das etwas wäre! Verrührt einen Schuß Pulver in einem Glas Schnaps, trinkt das auf einen Zug herunter, und es hat sich gehoben – ihr kriegt auch kein Fieber; und auf die Wunde, wenn sie nicht gar zu groß ist, legt etwas Erde – die muß nur vorher im Handteller fest mit Spucke vermischt sein. Dann trocknet die Wunde schon ab. Und nun an die Arbeit, Kinder, munter zupacken, aber nichts überhudeln, daß alles richtig getan wird!“

Der Hetman hatte gesprochen, und kaum war seine Rede zu Ende, da machten sich schon die Kosaken ans Werk. Das ganze Lager war nüchtern geworden, Betrunkne fand man so wenig, als hätte es unter den Kosaken nie einen gegeben. Die einen besserten Radreifen aus und setzten neue Achsen unter die Wagen; andre luden Proviantsäcke oder Waffen auf die Fuhren; wieder andre trieben Gäule und Ochsen zusammen. Ringsum erscholl Pferdegetrappel, Probeschüsse krachten, Säbel rasselten, Kinder brüllten, Wagen quietschten und ächzten, muntres Geschwätz, helle Schreie, Hührufen ... Und weit, weit dehnte sich alsbald der Heerzug der Kosaken über das Feld. Ein langer Weg wär es gewesen, wenn einer vom Kopf bis zum Schwanz des Zuges hätte laufen wollen. An dem Holzkirchlein hielt der Priester ein Bittamt und sprengte Weihwasser über die fromme Gemeinde, jeder küßte das Kreuz. Als das Heer in Bewegung kam und zum Lager hinauszog, wendeten alle Kosaken die Köpfe zurück.

„Leb wohl, liebe Heimat!“ sagten sie wie aus einem Mund. „Schütz dich Gott vor Not und Gefahr!“

Beim Ritt durch die Vorstadt erblickte Taraß Bulba sein Jüdchen, den Jankel, der sich schon wieder eine Art Zelt aufgeschlagen hatte und Stein, Stahl, Pulver und allerlei Heeresbedarf feil hielt, wie man ihn auf dem Marsche gebraucht, auch Semmeln und Brot. – So ein verfluchter Jud! dachte Taraß bei sich, lenkte sein Pferd hinüber und sagte:

„Dummbart, was sitzt du denn da! Willst wohl heruntergeknallt werden wie ein Spatz?“

Jankel schlich näher zu ihm heran, machte mit beiden Armen Zeichen, als hätte er ihm ein ganz besondres Geheimnis zu offenbaren, und flüsterte hastig: „Soll der Herr bloß halten reinen Mund und niemand nix sagen: bei de Kosakenfuhren is eine, was is meine Fuhre; ja ich hab allerlei nötige Sachen fer de Kosaken, und ja ich werd unterwegs verkaufen diversen Proviant ßu so genaue Preise, wie se verkauft hat noch niemals ä Jüd; Gott soll es wissen, wie preiswert, Gott soll mich strafen: so preiswert.“

Taraß Bulba zuckte die Achseln und wunderte sich über die jüdische Geschäftstüchtigkeit. Dann sprengte er wieder zu seinen Leuten.

Fünftes Kapitel

Alsbald war das ganze südwestliche Polen eine Beute des Schreckens. Es erhob sich ein Jammergeschrei: „Kosaken! Kosaken im Land!“ Wer fliehen konnte, floh. Jeder machte sich auf und lief, so schnell ihn die Füße trugen, wie es der Brauch war in dieser wilden, sorglosen Zeit, da keine festen Plätze und Schlösser errichtet wurden, sondern die Leute sich, wo sie grade waren, ihre vergänglichen Strohhütten bauten. Sie dachten sich: – Wozu sollen wir Arbeit und Geld auf die Hütte verschwenden, da ohnehin beim nächsten Tatareneinfall der rote Hahn auf das Dach fliegt! – Alles geriet in Bewegung: einer tauschte sich gegen seine Ochsen und seinen Pflug Pferd und Gewaffen ein und stieß zur Truppe, der andre flüchtete in ein sichres Versteck, trieb sein Vieh vor sich her und schleppte von seiner Habe mit, was er aufpacken konnte. Manch einen gabs auch, der den ungebetnen Gästen mit bewaffneter Hand in den Weg trat; die Mehrzahl freilich machte sich fort, ehe sie kamen. Jeder wußte, es war nicht gut Kirschen essen mit dieser kriegerischen Sturmschar, die hinter äußerlicher Disziplinlosigkeit die eiserne Disziplin verbarg, die den Sieg in Schlachten erkämpft. Die Reisigen ritten, ohne die Rosse zu übermüden und heiß zu machen, das Fußvolk marschierte nüchtern hinter den Packwagen; der ganze Heerzug bewegte sich nur bei Nacht; tags rastete er an einsamen, unbesiedelten Plätzen und in den Wäldern, deren es damals noch zur Genüge gab. Späher und Kundschafter wurden vorausgeschickt, überall die Gelegenheit zu erforschen. Und so tauchten sie oft an Orten auf, wo man sich ihrer noch gar nicht versah. Dann machte dort alles Reu und Leid. Feuer wurde an die Häuser gelegt; Vieh und Pferde, die das Heer nicht mitnehmen wollte, wurden am Platze niedergesäbelt. Das hatte mehr von wilden Blutorgien als von einem richtigen Feldzug. Groß war die Bestialität jener halbwilden Zeiten; das Haar würde sich einem Menschen von heute sträuben vor der grausigen Spur, die die Kosaken überall hinter sich ließen. Säuglinge fielen dem Mordstahl zum Opfer, Weiber mit abgeschnittnen Brüsten wehklagten; wen man laufen ließ, dem wurden die Füße von den Knieen abwärts geschunden – kurzum, mit Wucherzinsen trieben die Kosaken die Schulden von früher ein. Der Abt eines Klosters schickte ihnen zwei Mönche ein Stück weit entgegen und ließ ihnen seine Mißbilligung wegen ihres unziemlichen Benehmens aussprechen; dabei bestände doch ein Vertrag zwischen den Kosaken und der Regierung – sie verletzten ihre Pflicht gegen den König und brächen das Völkerrecht.

Der Hetman erwiderte: „Schönen Gruß zuvor an den Bischof von mir und allen Kosaken! Er soll keine Angst haben: die Kosaken zünden sich bloß ihre Pfeifen an."

Und alsbald wurde die stattliche Abtei von der mörderischen Flamme gepackt, die hohen gotischen Fenster schauten düster aus lodernden Feuerwogen. Flüchtende Scharen von Mönchen, Juden und Weibern übervölkerten plötzlich alle Städte, wo irgendeine Hoffnung auf die Besatzung oder das Bürgeraufgebot zu setzen war. Die Hilfstruppen, die die Regierung hier und da, wenns schon zu spät war, schickte, waren gering an Zahl; sie fanden die Kosaken gar nicht, oder sie bekamen es mit der Angst, gaben Fersengeld bei der ersten Begegnung und rissen auf ihren flüchtigen Gäulen aus. Es geschah auch wohl, daß sich mehrere königliche Heerführer, die in früheren Schlachten ruhmreich gefochten hatten, zusammentaten und ihre Kräfte vereinten, den Kosaken die Stirn zu bieten. Hier war es, wo sich die jungen Kosaken vor allem erprobten. Sie schauderten noch vor Raub, vor Plünderung, vor der Vergewaltigung Wehrloser zurück, brannten aber darauf, sich den Alten als Kämpfer zu zeigen, Mann gegen Mann sich gegen einen geschmeidigen Polackenfant zu erproben, der auf edelm Roß einherstolzierte und die hängenden Ärmel des Dolmans im Wind flattern ließ. Fröhliche Wissenschaft war das; genug an Pferdegeschirr, kostbaren Säbeln und Flinten hatten sie schon erbeutet. Im Lauf eines Monats wurden sie Männer, waren die eben erst ausgeschlüpften Flaumküken erwachsen und völlig verwandelt; ihre Gesichter, die vorher noch knabenhafte Weichheit zur Schau getragen hatten, blickten jetzt streng und stark. Der alte Taraß hatte seine

Freude daran, wie seine Söhne überall unter den vordersten waren. Ostap schien der Weg des Soldaten von Geburt an vorgezeichnet zu sein, er hatte alle Gaben für die schwierige Kriegskunst. Nichts, was ihm zustieß, konnte ihn aus der Ruhe und Fassung bringen; voll einer Kaltblütigkeit, die bei einem Zweiundzwanzigjährigen fast unglaublich schien, ermaß er mit einem Blick die ganze Gefahr und die Aussichten des Kampfes, fand er, wo das geraten schien, schleunigst ein Mittel, ihm auszuweichen, aber bloß auszuweichen, um nachher desto gewisser den Sieg zu gewinnen. Seine Bewegungen atmeten jetzt schon die Sicherheit der Erfahrung; der künftige Feldherr war nicht zu verkennen. Sein Körper strotzte von Kraft, sein Kampfesmut lieh ihm die Gewalt eines Löwen.

„Oh, der!“ sagte der alte Taraß. „Das gibt einmal einen tüchtigen Hetman. Teufel, gibt das einen Hetman! Der Bursch steckt mit der Zeit den eignen Vater noch in die Tasche!“

Andri ließ sich von der bezaubernden Musik der Kugeln und Schwerter völlig fortreißen. Er wußte nicht, was überlegen heißt, einen Plan machen, die eignen und die Kräfte des Gegners in Rechnung ziehn. Ihm war die Schlacht wilde Wonne und Lust; gleich einem Rausch überkam es ihn in den Minuten, da den Mann die Kampfeswut packt, da alles vor seinen Augen flimmert und wirbelt, da abgehauene Köpfe fliegen und Rosse dröhnend zu Boden schlagen, da der Kosak trunken dahinsprengt, durch Kugelpfeifen und Säbelblitzen, und Hiebe austeilt und nichts von den Hieben spürt, die er selber empfängt. Auch an Andri hatte der Vater oft seine Freude, wenn er, einzig dem feurigen Drange folgend, Gefahren anging, die ein Mensch mit kaltem Blut und Kopf wohl vermieden hätte, und wenn er durch sein berserkerhaftes Draufgehn Wunder vollführte, vor denen auch die ältesten Kämpfer staunende Augen machten.

Der alte Taraß hatte seine Freude daran und sagte:

„Auch er – möge ihn Gott in der Schlacht beschützen – ist ein tapfrer Krieger. Er ist kein Ostap, aber, das muß man sagen, ein tapfrer Krieger!“

Der Hetman hatte beschlossen, geradeswegs gegen die Stadt Dubno zu ziehen, wo einem Gerücht zufolge ein schwerer Kriegsschatz lag und die Bürger Geld in Scheffeln besaßen. Schon um die Mitte des zweiten Tages rückte das Heer vor die Stadt. Die Einwohner beschlossen, sich bis zum letzten Mann und zur letzten Möglichkeit zu wehren und lieber auf dem Markt und den Gassen ihr Blut zu verströmen, als den Feinden den Weg über ihre Schwellen freizugeben. Ein hoher Erdwall umgab die Stadt; wo er nicht hoch genug war, hatte man

Steinmauern errichtet oder mit Kanonen bestückte Blockhäuser oder Verhaue aus eichenen Palisaden. Die Besatzung war stark und wußte, worum es ging. Die Kosaken versuchten den Wall in schneidigem Ansturm zu nehmen, wurden aber von heißem Kartätschenfeuer empfangen. Auch die Bürger und das übrige Volk der Stadt schienen nicht müßig hinten bleiben zu wollen und drohten in hellen Haufen vom Wall. In ihren Augen las man den Willen zu verzweifeltem Widerstand. Selbst die Weiber nahmen am Kampfe teil. Den Kosaken auf die Köpfe regneten Steine, Fässer, Töpfe mit siedendem Wasser und endlich Säcke voll Sand, der ihnen die Augen blendete. Die Kosaken hatten nicht gern etwas mit festen Plätzen zu tun, der Sturm gegen Mauern war nicht ihr Fall.

Der Hetman gab also Befehl zum Rückzug und sagte: „Wartet es ab, ihr Herren und Brüder! Wir ziehn uns zurück; aber ein ungläubiger Tatar will ich heißen, und nicht ein Christenmensch, wenn auch nur einer von denen da aus der Stadt kommt! Sollen sie nur alle vor Hunger verrecken, die Hunde!"

Das Heer zog sich zurück, umzingelte die Stadt und machte sich aus lauter Langeweile daran, die Umgegend zu verwüsten. An die Dörfer der Nachbarschaft und die Kornschober, die noch nicht eingefahren waren, wurde Feuer gelegt; auf die ungemähten Felder jagte man die Gäule und ließ sie die vollen Ähren niedertrampeln, die den Landleuten in diesem Jahr einen selten reichen Lohn ihrer Mühe versprochen hatten. Die Leute in der Stadt sahen mit Schrecken, wie das, was ihnen Nahrung gewähren sollte, der Zerstörung anheimfiel. Inzwischen richteten sich die Kosaken, die eine zwiefache Wagenburg um die Stadt gelegt hatten, genau wie daheim im Lager ein, hausten nach Gemeinden geordnet, rauchten ihre Pfeifen, trieben Tauschhandel mit den erbeuteten Waffen, spielten Paar oder Unpaar und schauten mit zielsicherer Mördergeduld kalt nach der Stadt hinüber. Abends wurden die Lagerfeuer entfacht, die Gemeindeköche kochten in ungeheuren Kupferkesseln Riesenmengen an Grütze; neben Feuern, die die ganze Nacht unterhalten wurden, lagerten die Posten.

Es währte natürlich nur kurze Zeit, da begannen sich die Kosaken bei dem faulen Leben zu langweilen – diese ewige Nüchternheit, die durch so gar keine wichtige Tätigkeit geboten erschien, behagte ihnen wenig. Der Hetman entschloß sich seufzend, die Weinration zu verdoppeln. Das hielt man im Feld manchmal so, wenn keine größeren Kämpfe noch Marschleistungen zu erwarten waren. Besonders den jungen Leuten, nicht zuletzt Taraß Bulbas Söhnen, mißfiel dies Dasein aufs höchste.

Andri machte kein Hehl aus seinem Verdruß.

„Unvernünftiger Bursch“, sagte Taraß zu ihm, „nur durch Geduld wird aus dem Kosaken ein Hetman! Das ist mir noch lange nicht der richtige Krieger, wer bloß in der Schlacht keine Angst hat – nein, auch wenn nichts zu tun ist, hübsch munter bleiben, alles ertragen, was da auch kommt und was da auch los ist, und immer den Mut behalten . . .!“

Aber ein hitziger junger Bursch denkt darin nicht wie ein Alter – ihre Jahre sind weit auseinander, sie sehen die Dinge mit sehr verschiednen Augen.

Inzwischen war auch Taraß Bulbas Regiment unter der Führung des Oberstleutnants Towkatsch zum Heere gestoßen; zwei weitere Oberstleutnante, einen Schreiber und sonstige Chargen brachte er mit; es waren im ganzen mehr als viertausend Kosaken. An ihren Reihen gab es genug Freiwillige, die ohne Aufruf unter die Fahne getreten waren, als sie hörten, worum es ging. Towkatsch überbrachte Bulbas Söhnen den Segen der Mutter und jedem ein im Kiewer Kloster geweihtes Heiligenbild aus Zypressenholz. Die beiden Söhne hängten sich die Amulette um und kamen wider Willen ins Grübeln, da sie der Mutter gedachten. Was kündete und bedeutete ihnen dieser Segen? Hatte er wohl die Kraft, ihnen den Sieg über die Feinde zu schenken und darnach die fröhliche Heimkehr, schwer an Beute, strahlend in Ruhm, der ewig zum Klang der Pandora besungen würde; oder . . .? – Keiner erforscht die Zukunft, sie liegt vor dem Menschenblick wie herbstlicher Nebel, der aus Sümpfen empordampft; sinnlos flattern durch ihn mit bangem Flügelschlag die Vögel aufwärts und abwärts, ohne einander zu sehen, die Taube sieht nicht den Habicht, der Habicht sieht nicht die Taube, und keiner weiß, wie dicht auf den Fersen das Unheil ihm folgt . . .

Ostap hatte die Tagesarbeit getan und lag schon lange schlummernd bei den Kameraden. Andri aber war es, er wußte selbst nicht warum, sonderbar schwül ums Herz. Das Mahl der Kosaken war längst beendet, die Abendröte verglommen, eine herrliche Julinacht verhüllte die Erde. Andri ging nicht zu seinen Leuten, er legte sich auch nicht schlafen, er schaute verträumt auf das Bild, das sich vor ihm ausbreitete. Am Himmel funkelten klein und hell die Sterne. Weithin über das Feld zog sich die Reihe der Wagen, die mit allerhand Proviant und Beute beladen waren, und zwischen deren Rädern die Teereimer leise schaukelten. Neben den Wagen, unter den Wagen, seitab von den Wagen – überall hatten sich die Kosaken ins Gras geworfen. Sie schliefen in den mannigfaltigsten Stellungen – dem einen diente ein Mehlsack als Kissen, dem andern die Mütze, wieder einer bettete einfach den Kopf auf den Bauch eines Kameraden. Der Säbel, die Hakenbüchse, die kupferbeschlagne Pfeife mit kurzem Rohr, Stahl und Stein waren jedem zur Hand – davon trennte man sich auch bei Nacht nicht. Die schweren Ochsen lagen, die Beine unter den Leib gezogen, als weißliche Haufen da und glichen aus der Entfernung gesehen über die Hänge verstreuten grauen Felsblöcken.

Rundum erscholl das tausendstimmige Schnarchen des schlafenden Heeres; wie eine Antwort darauf kam von den Feldern das helle Wiehern der Hengste, die unwillig an ihren Koppeln zerrten. Und etwas war da, was der Schönheit der Julinacht eine unheimliche Erhabenheit lieh. Das war der Schein der ferne brennenden Dörfer. Hier wallte die Flamme still und feierlich zum Firmament empor; dort, wo sie leichtere Nahrung fand und vom Wind gepackt wurde, heulte sie pfeifend und flog bis an die Sterne hinauf, die losgerissenen Feuerfetzen erloschen erst hoch oben im Himmel. Ein niedergebranntes schwarzes Kloster stand dräuend wie ein grimmer Karthäusermönch da und wies im Licht der Brände seine düstre Majestät, der Klostergarten brannte, Andri meinte beinah, er höre die Bäume zischen, wenn sie in der Glut zu dampfen begannen; schlug dann die Lohe empor, so lag plötzlich das Licht grell phosphorblau auf Büscheln von reifen Pflaumen und verwandelte gelbe Birnen zu blankem Dukatengold. Dazwischen hing an der Klostermauer oder an einem Baumast in tiefem Schwarz der Leichnam eines Juden oder eines Mönches, der bei der Brandschatzung des Klosters sein Ende gefunden hatte. Oben über den Flammen flatterten ängstlich Vögel, die einem Muster aus dunkeln Kreuzchen auf feurigem Grunde glichen. Die belagerte Stadt schien zu schlafen, ihre Türme und Dächer, der Palisadenzaun und die Mauern glühten verschwiegen im Schein der fernen Brände.

Andri durchschritt die Reihen der Kosaken. Die Feuer, an denen die Posten lagerten, waren am Verlöschen, die Posten selbst schliefen – sie hatten ihren gesunden Kosakenhunger wohl durch zu reichliche Atzung befriedigt. Ein bißchen merkwürdig dünkte Andri soviel Sorglosigkeit; er überlegte: – Ein Glück noch, daß kein starker Feind um den Weg ist und nirgends Gefahr droht. – Endlich ging er selbst zu einem der Wagen, kletterte hinauf und legte sich auf den Rücken, den Kopf in die gefalteten Hände gebettet; aber er konnte nicht schlafen und schaute noch lange in den Himmel hinauf: grenzenlos offen lag der vor seinem Blick, die Luft war sichtig und rein, das Sterngewimmel der

Milchstraße zog einen grell funkelnden Lichtgürtel über die Wölbung. Manchmal verschwammen Andris Gedanken, ein leichter Schlummernebel zog über die Sterne, gleich aber wurde er wieder wach und sah alles sehr scharf und sehr klar.

Da war es ihm plötzlich, als tauche so etwas wie ein seltsames Gesicht aus der Nacht. Er hielt es für ein Traumbild, das gleich wieder in Luft zerrinnen müsse, und riß die Lider gewaltsam auf. Da erkannte er, daß sich in Wahrheit ein verhärmtes, hagres Antlitz über ihn beugte und ihm gerade in die Augen sah. Lange, kohlschwarze Haare, ungekämmt und wirr, krochen unter einem dunkeln, lässig übergeworfnen Kopftuch hervor; das sonderbare Glimmen des Blickes, die Leichenblässe der scharfen Züge gemahnten ihn an ein Gespenst.

Unwillkürlich griff Andri zur Hakenbüchse und fragte mit bebender Stimme: „Wer da? Bist du ein unreiner Geist, so hebe dich fort; bist du ein lebendiger Mensch, so reut dich der Spaß – ich knall dich über den Haufen!“

Als Antwort legte die Erscheinung den Finger an die Lippen und schien ihn durch diese Gebärde zu bitten, er möge doch still sein. Er ließ die Hand sinken und musterte das seltsame Wesen genauer. An den langen Haaren, dem Hals und der halbnackten braunen Brust erkannte er, daß es ein Weib war. Aber sie mußte von fremdem Stamm sein; ihr braunes Gesicht erschien wie ausgemergelt durch harte Entbehrung, die breiten Backenknochen sprangen scharf aus den eingefallnen Wangen hervor, schief geschlitzt zogen sich die Augen gegen die Schläfen hinauf.

Je länger Andri das Gesicht musterte, desto bekannter dünkte es ihn. Endlich fragte er lebhaft: „Wer bist du? Ich glaube immer, ich kenn dich. Gesehen hab ich dich schon einmal.“

„Vor zwei Jahren, in Kiew.“

„Vor zwei Jahren . . . in Kiew . . .“ wiederholte Andri und ließ die Erinnerungen aus der Schulzeit an sich vorüberziehen. Forschend musterte er die Fremde noch einmal, dann schrie er plötzlich: „Jetzt weiß ichs: die Tatarin bist du, die Magd des Fräuleins!“

„Scht!“ wisperte das Weib und faltete flehend die Hände. Bang wendete es den Kopf, zu sehen, ob Andris laute Worte nicht am Ende einen der Schläfer aufgeschreckt hätten.

„Wo kommst du her? So sprich doch!“ flüsterte er atemlos, die Erregung preßte ihm hart die Kehle zusammen. „Wo ist das Fräulein? Ist sie wohlauf?“

„Drinnen in Dubno ist sie.“

„Dort in der Stadt?“ Er hätte beinah wieder aufgeschrieen, alles Blut schoß ihm jählings zu Herzen. „Wie kommt sie hierher?“

„Der alte Herr ist auch da: er ist schon im zweiten Jahr Marschall von Dubno.“

„Ist sie vermählt? Sprich, sprich doch! Sei nicht so komisch! Was macht sie?“

„Sie hat zwei Tage schon nichts mehr gegessen.“

„Nein . . .?!“

„Kein Mensch in der Stadt hat noch ein Stück Brot. Sie fressen Erde – es gibt nichts weiter.“

Andri starrte düster ins Leere.

Das Weib fuhr fort: „Das Fräulein hat dich vom Wall aus unter den Kosaken gesehen. Sie sagte zu mir: ›Geh hin zum Ritter: wenn er meiner gedenkt, soll er kommen; und hat er mich schon vergessen, dann soll er dir doch ein Stück Brot geben für meine alte Mutter – ich kann es nicht mit ansehen, wie sie vor meinen Augen langsam dahinstirbt. Lieber will ich zuerst verhungern – wenn sie nur lebt, bis ich tot bin. Wirf dich ihm vor die Füße und leg die Arme um seine Knie: er hat selbst eine Mutter – bei ihrem Leben beschwör ihn um ein Stück Brot!‹“

Ein Sturm von Gefühlen erschütterte den jungen Kosaken. „Aber wie kommst du her?“ forschte er.

„Durch den geheimen Gang.“

„Gibt es da einen geheimen Gang?“

„Unter der Erde, ja.“

„Wo?“

„Wirst du uns auch gewiß nicht verraten, Herr Ritter?“

„Ich schwör es dir beim heiligen Kreuz!“

„Von hier zum Bach hinunter, über dem Wasser, dort wo das hohe Schilf ist . . .“

„Und kommt man durch diesen Gang in die Stadt?“

„Geradeswegs ins städtische Kloster."

„Also . . . Was warten wir noch!"

„Aber um Christi und der heiligen Jungfrau willen, ein Stück Brot!"

„Schon recht, ich hol was! Bleib hier beim Wagen, oder kriech besser hinauf! Keiner sieht dich, sie schlafen alle; ich bin gleich wieder da."

Er machte sich auf den Weg. Sein Herz klopfte heftig. Die Vergangenheit, die durch das Lagerleben, durch die bunten Kriegsabenteuer in den Hintergrund getreten war, drängte sich wieder vor und schob nun die Gegenwart in den Schatten. Wie aus dunkler Meerestiefe tauchte das stolze Weib ans Licht; von neuem letzte sich sein Gedächtnis an ihren weißen Armen, ihren Augen, ihren lachenden Lippen, an dem üppigen, dunkel nußbraunen Haar, das sich in Locken auf ihre Brüste ringelte, an dem vollendeten Ebenmaß ihrer biegsamen Mädchengestalt. Nicht erloschen war dies Bild, nicht entschwunden aus seinem Herzen – für eine Weile nur war es vor der Gewalt der neuen Bilder vom Schauplatz getreten, gar oft hatte es durch die nächtigen Träume des Jünglings gegeistert, gar oft war Andri emporgefahren und hatte schlaflos auf seinem Lager gelegen und nicht gewußt, warum ihm solches geschah.

Er setzte langsam Fuß vor Fuß und spürte beinah eine Lähmung in den Knien, fühlte sein Herz wilder und wilder pochen bei dem Gedanken, daß er sie wiedersehen sollte. Als er vor dem Packwagen stand, hatte er völlig vergessen, was er hier suchte; er rieb sich mit dem Handrücken die Stirn und überlegte, weshalb er gekommen sei. Endlich traf es ihn wie ein Schlag: ihn überfiel die Angst, sie könne Hungers sterben. Er lud sich eilend ein paar Laibe Brot auf. Doch konnte solche derbe Kosakenkost dem zarten Wesen willkommne Nahrung sein? Nun, es mußte wohl noch etwas andres geben. Erst heute abend hatte der Hetman die Köche hart angelassen, weil sie das Buchweizenmehl, das drei Tage reichen sollte, für eine einzige Mahlzeit verbraucht hatten! Fest überzeugt, daß er noch Brei zur Genüge finden würde, kramte Andri seines Vaters Feldkessel hervor und suchte den Gemeindekoch auf. Der lag schlafend neben den beiden großen Kupferkesseln, deren jeder zehn Eimer faßte, und unter denen die Asche noch glühte. Andri mußte zu seiner Verblüffung feststellen, daß die Riesengefäße sauber ausgekratzt waren. Solche Mengen zu vertilgen – dazu gehörten wirklich übermenschliche Kräfte, zumal da Andris Gemeinde weniger Köpfe zählte als die andern. Er untersuchte die Kessel der Nachbargemeinden – nirgends ein Restchen zu finden. Er mußte an den Spruch denken: „Der Kosak ist ein Kind: koch wenig, koch viel – er frißt, was da ist, mit Stumpf und Stiel." – Was tun? Ihm kam in den Sinn, daß es auf dem Regimentspackwagen seines Vaters noch einen Sack Weißbrot geben müßte, den sie bei der Plünderung der Klosterbäckerei erbeutet hatten. Er fand das Gesuchte aber nicht auf dem Wagen: Ostap hatte sich den Sack unter das Genick geschoben und lag und schnarchte, daß es weit durch die Nacht klang. Andri packte den Sack und riß so hastig daran, daß seines Bruders Kopf hart gegen die Erde knallte.

Halb noch im Schlaf, setzte sich Ostap auf und schrie, ohne die Augen zu öffnen, aus vollem Halse: „Haltet ihn fest, haltet den Satanspolacken, fangt seinen Gaul, den Gaul müßt ihr fangen!"

„Sei still, oder du bist ein Kind des Todes!" rief Andri erschrocken und holte mit dem Sack gegen ihn aus.

Aber Ostap sagte ohnehin kein Wort mehr: er hatte sich schon wieder beruhigt und schnarchte, daß sich von seinem Hauch die Gräser bogen.

Andri spähte besorgt in die Runde, ob von Ostaps schlaftrunknem Gebrüll niemand aufgewacht wäre. Und wirklich hob sich in der Nachbarschaft ein beschopfter Kopf und ließ die Augen wandern. Doch sank er gleich wieder ins Gras. Der junge Kosak wartete noch eine Weile und ging dann weiter mit seiner Last.

Die Tatarin lag auf dem Wagen und wagte kaum zu atmen.

Andri flüsterte: „Hopp, komm herunter! Alles schläft, hab keine Angst! Kannst du nachher ein paar von den Broten nehmen, wenn mir der Kram zu schwer wird?" Sprachs, lud sich die Säcke auf den Rücken und holte im Vorbeigehn noch einen Sack Hirse von einem Wagen. Unter die Arme nahm er die Brote, die er der Tatarin zum Tragen hatte geben wollen, und schritt, etwas gebückt unter der Bürde, keck durch die Reihen der schlafenden Kosaken.

„Andri!" rief, als sie an ihm vorbeikamen, plötzlich der alte Bulba.

Dem Sohn stand das Herz still; er machte halt und stammelte, zitternd am ganzen Leibe: „Was ist denn?"

„Du läufst mit einem Weibsbild herum! Wart nur, mein Sohn, wenn ich aufsteh – den Hintern verhau ich dir! Von den Weibern lernst du nichts Gutes!"

Bulba stützte das Kinn in die Hand und musterte scharf die in ihr Tuch gehüllte Tatarin.

Andri war nicht lebendig und nicht tot, er hatte den Mut nicht, dem Blick des Vaters zu begegnen. Als er endlich die Augen hob und ihn ansah, merkte er, daß der alte Bulba schon wieder schlief, noch in der gleichen Haltung, das Kinn in die Hand gestützt.

Andri bekreuzigte sich. Der Schreck verebbte schneller, als er ihm vorhin zu Herzen geströmt war. Als er sich nach der Tatarin umschaute, sah er sie stehen gleich einer Bildsäule aus dunkelm Granit, fest in ihr Tuch gewickelt; nur ihre Augen glänzten im Schein der fernen Feuersbrünste – er fühlte sich an die gebrochnen Augen einer Leiche erinnert. Aufmunternd zog er sie am Ärmel; sie schritten zusammen rüstig aus und wendeten viele Male besorgt die Köpfe, bis sie endlich über den Hang in die Schlucht abgestiegen waren, auf deren Grunde der Bach zwischen Moostümpeln träg durch das Riedgras plätscherte. Hier waren sie vor jedem Blick vom Lager her gedeckt. Als Andri sich umschaute, sah er die Böschung als senkrechte Wand von mehr als Mannshöhe hinter sich aufsteigen; oben nickten vereinzelte Grashalme, und darüber hing schief im Himmel der Mond, gleich einer Sichel aus blankem Dukatengold. Ein leichter Wind, der das Gras erschauern ließ, kündete, daß der Tag nicht mehr fern sei.

Jedoch kein Hahnenschrei klang in der Runde. Hähne gab es hier längst nicht mehr, nicht in der Stadt, nicht bei den Bauern. Auf einem schmalen Brett überquerten sie den Bach, dessen andres Ufer noch höher und steiler anstieg als das verlassene. Dies schien ein von Natur fester und sichrer Punkt des städtischen Weichbildes zu sein – dafür sprach schon, daß der Wall hier niedrig und nicht von Posten besetzt war. Weiterhin schloß sich die feste Klostermauer an. Der Hang war mit Steppengras bewachsen; auf dem schmalen Rain zwischen ihm und dem Bach wucherte mannshohes Röhricht. Oben auf der Höhe sah man die Trümmer eines Flechtwerkzaunes, der einst einen Küchengarten umfriedet haben mochte. Außen säumten den Zaun breitblättrige Kletten, über ihn hervor lugte ein Gewirr von Melden und stachligen Disteln, dahinter hoben Sonnenblumen stolz die Köpfe. Nun schlüpfte die Tatarin aus den Stöckelschuhen und ging barfuß weiter, behutsam schürzte sie ihr Gewand, denn der Boden war sumpfig und wasserreich. Sie drangen durch das Röhricht und standen vor einem Reisighaufen. Der wurde zur Seite geschoben, und es öffnete sich eine Art Höhle, nicht viel größer als ein Backofenloch. Die Tatarin bückte sich und ging voran. Andri machte sich so klein, wie er nur konnte, um mit den Säcken durchzukommen; und bald nahm schwarze Finsternis die beiden auf.

Sechstes Kapitel

Der junge Kosak konnte sich in dem engen und dunkeln Gang kaum rühren, als er so, die Brotsäcke auf dem Rücken, hinter der Tatarin herschritt.

„Bald wird es hell“, sagte die Führerin, „wir sind gleich da, wo ich die Lampe abgestellt hab.“

Und wirklich zeigte sich an den Wänden ein leiser Lichtschimmer. Der Gang erweiterte sich zu einer Art Kapelle. An die Wand gerückt war ein schmales Tischchen, das wohl einen Altar vorstellen sollte, und darüber erblickte man ein fast völlig verwischtes, rauchgeschwärztes katholisches Madonnenbild. Eine silberne Ampel, die davor hing, spendete ungewissen Schein. Am Boden stand eine kupferne Lampe aus hohem, schlankem Fuß, von der an dünnen Kettchen eine Lichtschere, eine Nadel zum Herausziehen des Dochtes und ein Löschhorn herabhingen. Die Tatarin bückte sich zur Lampe und entzündete sie an der Ampel. Es wurde heller; und als die beiden nun weitergingen, bald von der Flamme scharf beleuchtet, bald von tiefschwarzem Schatten überkrochen, glichen sie einem Bild von Gherardo delle Notti. Das frische, schöne, von Gesundheit und Jugend strotzende Gesicht des Ritters stach seltsam gegen die ausgemergelten, bleichen Züge des Weibes ab. Der Gang erweiterte sich allmählich, so daß Andri sich aufrichten konnte. Neugierig musterte er die Erdwände, die ihn an das Kiewer Höhlenkloster gemahnten. In den Grabnischen der Wände standen Särge; verstreut am Boden lagen nackte menschliche Gebeine, die in der Feuchtigkeit vermoderten und zu Staub zerfielen. Auch hier also hatten heilige Männer gehaust und sich vor den Stürmen, Leiden und Versuchungen der Welt in die Stille geflüchtet. Die Feuchtigkeit war groß, manchmal gluckste ihnen Wasser unter den Füßen. Andri mußte oft halt machen und seine Begleiterin rasten lassen. Immer wieder gewann die Erschöpfung Macht über sie. Das Stückchen Brot, das sie heruntergeschlungen hatte, bereitete ihrem ausgehungerten Magen nur Schmerzen. Sie stand oft minutenlang unbeweglich auf einem Fleck.

Endlich gelangten sie an eine kleine eiserne Tür.

„Gott sei gelobt, da sind wir“, sagte die Tatarin mit schwacher Stimme und hob die Hand, anzuklopfen, hatte aber die Kraft nicht mehr dazu.

Andri pochte statt ihrer heftig an das Pförtchen. Das weckte einen hohlen, schnell wieder ersterbenden Klang, wie wenn drüben weite Hallen mit hohen Wölbungen lägen, von denen der Ton verschlungen würde. Alsbald hörte man Schlüssel rasseln, und Schritte schienen eine Treppe herunterzukommen. Endlich öffnete sich die Tür; vor ihnen stand auf schmaler Treppe ein Mönch, ein Schlüsselbund und einen Leuchter in den Händen. Andri stutzte unwillkürlich beim Anblick eines jener katholischen Mönche, die den Kosaken ein Gegenstand des Hasses und der Verachtung waren und von ihnen noch unmenschlicher behandelt wurden als selbst die Juden. Auch der Mönch fuhr zurück, da er den Kosaken erblickte, aber ein geflüstertes Wort der Tatarin beruhigte ihn. Er leuchtete den beiden, verschloß die Tür hinter ihnen und geleitete sie die Treppe hinauf. Sie fanden sich unter den hohen Bogen der Klosterkirche. Vor einem der Altäre, auf dem schlanke Leuchter mit brennenden Kerzen standen, kniete ein Priester und betete leise. Rechts und links von ihm knieten zwei Ministranten in veilchenfarbnem Ornat mit weißen, spitzenbesetzten Chorhemden darüber und schwangen Rauchfässer in den Händen. Der Priester erflehte ein Wunder: Gott möge die Stadt erretten, den sinkenden Mut stärken, Geduld im Leiden senden, den Versucher von hinnen treiben, der die Leute zum Murren aufstachle und ihre Seelen mit kleinmütigem, kläglichem Jammer über des Tages Not erfülle. Ein paar Frauen, die Gespenstern glichen, knieten in der Nähe, sie lehnten sich dabei an die Stühle und Bänke aus dunkelm Holz und stützten ihre kraftlosen Häupter gegen deren Lehnen; auch ein paar Männer knieten mit trüben Mienen da und ließen sich die Säulen und Pilaster, die den Chor trugen, als Halt dienen. Das bunte Fenster über dem Altar erstrahlte plötzlich von rosigem Morgenlicht, warf blaue, gelbe, rote, grüne Lichtflecke auf den Boden; und in der finstern Kirche wurde es hell. Der Altar in der tiefen Nische war auf einmal in Glanz getaucht; der Weihrauch hing als regenbogenfarbne Wolke über den Häuptern der Gemeinde. Andri starrte aus seinem dunkeln Winkel staunend in das Wunder des Lichts. Da erfüllte auf einmal das feierliche Dröhnen der Orgel den Raum; tiefer und tiefer wurde der Ton, er wuchs gewaltig zu schwerem Donnergrollen an, und plötzlich glitt er leicht in Sphärenharmonien hinüber, jauchzte silbern gleich hellen Mädchenstimmen durch das Gewölbe, schwoll wieder zu tiefem Brüllen und Donnern an und brach dann plötzlich ab. Lange noch bebte die Luft im Nachhall, lange noch lauschte Andri offnen Mundes der erhabnen Offenbarung dieser Klänge nach.

Da fühlte er sich am Rock gezogen. „Wir müssen gehn!“ sprach die Tatarin.

Sie durchschritten die Kirche, ohne daß einer der Beter den Kopf nach ihnen gewendet hätte, und traten auf den Markt hinaus. Der Himmel leuchtete in dem Rot, das den Sonnenaufgang verkündet. Der rechteckige Platz war völlig menschenleer; die hölzernen Stände in seiner Mitte erzählten davon, daß hier vielleicht noch vor einer Woche Lebensmittelmarkt gehalten worden war. Statt eines Pflasters deckte den Boden eingetrockneter Schmutz. Umgeben war der Platz von kleinen, einstöckigen Häusern mit Wänden aus Stein und Lehm, durch die sich kreuz und quer die nackten Fachwerkbalken zogen, eine Bauart, die damals allgemein im Schwange war, und die man noch heute manchenorts in Litauen und Polen antrifft. Sie hatten alle unverhältnismäßig hohe Dächer mit einer Menge von Luken und Mansardenfenstern. Auf der einen Seite, neben der Kirche, erhob sich über die übrigen ein Bau von völlig andrer Art, wohl das Rathaus oder ein Regierungsgebäude. Das Haus hatte zwei Stockwerke und war gekrönt von einer Warte mit zwei offnen Lauben übereinander, deren obre einem Wächter als Ausguck diente. In das Dach war ein großes Zifferblatt eingelassen. Der Platz erschien wie ausgestorben, doch glaubte Andri ein leises Stöhnen zu vernehmen. Er schaute sich um und erblickte drüben auf der andern Seite eine Gruppe von zwei, drei Menschen, die reglos am Boden lagen. Er kniff die Augen zusammen, zu erkennen, ob diese Leute schliefen oder tot wären, da stolperte sein Fuß über etwas Weiches. Es war der Leichnam einer Frau – soviel er sehen konnte, einer Jüdin. Sie schien noch jung zu sein, wenngleich man ihrem verzerrten, ausgemergelten Gesicht nicht viel davon anmerken konnte. Sie trug ein Kopftuch aus roter Seide, um das eine doppelte Perlenschnur geschlungen war; darunter hervor ringelten sich ein paar krausgelockte Haarsträhnen auf den abgemagerten Hals hinab, dessen Adern stark angeschwollen waren. Neben ihr lag ein Säugling, der mit zitternden Händchen ihre schlaffe Brust betastete und zornig daran zerrte, weil sie ihm keine Milch zu geben hatte. Er konnte nicht mehr weinen noch schreien, das leise Heben und Senken seiner Brust aber bezeugte, daß er noch lebte und erst im Begriff war, den letzten Seufzer auszuhauchen. Sie bogen in eine Straße ein, da kam ihnen ein Tobsüchtiger entgegen. Als der Andris kostbare Last erblickte, stürzte er sich wie ein Tiger auf ihn und klammerte sich mit dem Rufe: „Brot!“ an seinen Arm. Aber seine Kraft war kleiner als die rasende Gier; Andri versetzte ihm einen Stoß

– er taumelte zu Boden. Von Mitleid ergriffen, warf ihm der Kosak ein Brot hin; der andre stürzte sich darauf, schlug seine Zähne hinein und begann heißhungrig zu schlingen. Der Nahrung lange schon entwöhnt, mußte er das mit dem Leben büßen – er gab unter furchtbaren Krämpfen gleich nach den ersten Bissen den Geist auf. Bei jedem Schritt fast, den die beiden machten, erregte der Anblick unglücklicher Opfer des Hungers ihr Entsetzen. Es war, als trieben ihre Leiden die Leute aus dem Hause, als glaubten sie, draußen auf der Straße könne schon die Luft ihnen Kraft und Nahrung spenden. Vor dem Tor eines Hauses kauerte eine alte Frau, man konnte nicht unterscheiden, ob sie schlafe, ob sie tot oder ob sie nur geistesabwesend sei: jedenfalls hörte und sah sie nichts; das Kinn auf die Brust gesenkt, kauerte sie schon lange reglos am gleichen Fleck. Vom Sims eines andern Hauses hing, die Schlinge um den Hals, ein langgestreckter dürrer Leichnam nieder – der arme Teufel hatte die Qualen des Hungers nicht bis zum Ende ertragen und sie durch Selbstmord abgekürzt.

Diese schauerlichen Spuren des Hungers entrissen Andri die Frage: „Haben sie denn wirklich gar nichts gefunden, ihr Leben zu fristen? In der letzten Not kann man nichts machen, da muß der Mensch essen, wovor er sich sonst ekelt; da muß auch das Viehzeug gut dafür sein, das einem sonst das Gesetz verbietet, da kann einem alles als Speise dienen."

„Sie haben alles aufgegessen", sprach die Tatarin, „du findest nicht Pferd, nicht Hund, nicht einmal eine Maus mehr in der ganzen Stadt. Wir haben hier drinnen nie Vorräte gehabt – es kam alles aus den Dörfern herein."

„Aber wenn ihr einen so scheußlichen Tod sterben müßt – wozu wollt ihr die Stadt da noch halten?"

„Ja, es kann schon sein, daß der Marschall kapituliert hätte, aber gestern abend hat uns der Oberst, der bei Budschaki steht, einen Falken mit einem Brief geschickt: Wir sollen uns nicht ergeben; er will uns mit seinem Regiment entsetzen und wartet nur noch auf einen andern Obersten, der zu ihm stoßen soll. Jetzt hofft man, daß sie jede Stunde kommen. – Aber da ist schon unser Haus."

Andri hatte längst von weitem diesen Bau bemerkt, der den andern so wenig glich und wohl von einem welschen Meister entworfen war. Zwei Stockwerke hoch reckten sich die Mauern, die aus zierlichen, schmalen Ziegeln gefügt waren. Die Fenster des Erdgeschosses hatten weit vorspringende Umrahmungen aus Granit; um den Oberstock zog sich eine Galerie aus dichtgestellten kleinen

Bogenfenstern, auf deren Gittern Wappen prangten; Wappenschilder zierten auch die Ecken des Baues. Die Freitreppe aus bunten Ziegeln sprang weit in die Straße vor. Unten neben der Treppe saßen rechts und links zwei Wachtposten, die malerisch und in abgezirkelter Haltung, der eine genau wie der andre, mit der Rechten die Lanze hielten und mit der Linken den gesenkten Kopf stützten. So glichen sie mehr Bildsäulen als lebendigen Menschen. Sie schliefen nicht, schienen aber auch nichts zu hören und zu sehen; sie kümmerten sich nicht einmal darum, wer die Treppe hinanstieg. Auf der obersten Stufe erblickten die Ankömmlinge einen kostbar gekleideten, bis an die Zähne bewaffneten Krieger, der ein Gebetbuch in der Hand hielt. Er schlug die müden Augen zu ihnen auf, als aber die Tatarin ihm ein Wort zuraunte, senkte er den Blick wieder auf die Blätter des aufgeschlagnen Buches. Sie betraten das erste Gemach, das ziemlich groß war und als Vorraum und Wartezimmer diente. Rings an den Wänden rekelten sich Soldaten, Lakaien, Hundejungen, Mundschenken und andre Dienerschaft, wie sie der Rang eines polnischen Magnaten verlangte, mochte er Heerführer, mochte er nur Großgrundbesitzer sein. Der Qualm einer ausgegangnen Kerze beizte den Eintretenden die Nase; zwei andre Kerzen brannten noch auf beinah mannshohen Kandelabern, die mitten im Zimmer standen; und doch schaute durch das breite vergitterte Fenster auch hier längst der Morgen herein. Andri wollte geradeswegs auf eine hohe Tür aus Eichenholz zueilen, die mit einem Wappen und allerlei Schnitzwerk geziert war, die Tatarin aber zog ihn am Ärmel und deutete zu einem Pförtchen in der Seitenwand. Durch dieses kamen sie auf einen Gang und darauf in ein Zimmer, in dem sich Andri neugierig umsah. Der Lichtstrahl, der durch einen Spalt der geschlossenen Laden eindrang, streifte einen karmesinroten Vorhang, ein goldnes Gesims und Malereien an den Wänden. Die Tatarin hieß ihn hier warten und öffnete die Tür zu einem hell erleuchteten Nebenzimmer. Der junge Kosak vernahm das Flüstern einer sanften Stimme, vor der ihm das Herz erzitterte. Er hatte beim Öffnen der Tür flüchtig die schlanke Gestalt einer Frau erblickt, der eine lange, üppige Haarflechte über den erhobnen Arm herunterhing. Die Tatarin kehrte zurück und bat ihn, einzutreten. Er wußte nicht, wie er hineinkam, und wer die Tür hinter ihm schloß. In dem Gemach brannten zwei Kerzen; vor dem Heiligenbild flackerte die Ampel, darunter stand ein hoher katholischer Betschemel. Jedoch das war es nicht, was seine Augen suchten. Er wendete den Kopf und erblickte ein Weib, das wie mitten in einer schnellen Bewegung erstarrt und versteinert aussah – als hätte es ihm entgegenstürzen wollen und plötzlich halt gemacht. Auch er stand reglos, in tiefem Staunen. Nicht so hatte er geträumt sie wiederzusehen: das war nicht sie, die er früher gekannt hatte; sie glich in keinem Stück mehr ihrem Bild von einst, aber sie war jetzt zwiefach schön und herrlich. Damals hatte sie noch etwas gleichsam Unfertiges, Unvollendetes gehabt, jetzt war sie wie ein Meisterwerk, an dem sein Künstler den letzten Pinselstrich getan hat. Damals war sie ein reizendes kokettes Mädchen gewesen, jetzt war sie ein Weib von reifer Schönheit. Aus ihren voll zu ihm aufgeschlagnen Augen sprach ein starkes Gefühl, nicht bloß eine Spur und Andeutung von Gefühlen – nein, ein ganzes, großes Gefühl. Noch waren ihre Tränen nicht getrocknet; sie liehen ihren Augen einen feuchten Glanz, der Andri an das Herz griff. Ihre Brust, der Hals und die Schultern prangten in der schön gebändigten Fülle des voll erblühten Weibes; ihr Haar, das ihr früher in leichten Löckchen ins Gesicht gefallen war, hatte sich zu einer dicken, üppigen Flechte verwandelt, von der ein Teil aufgesteckt war, während der andre Teil armslang über die Schultern herabhing und ihr ein Netz von feinen krausen Goldfäden über die Brust legte. Ihre Züge schienen sich ganz verändert zu haben. Er suchte etwas von dem wiederzufinden, was er im Gedächtnis getragen hatte – umsonst! So furchtbar bleich sie war – das konnte ihrer Schönheit nicht Abbruch tun; es war, als gäbe ihr das vielmehr etwas Leidenschaftliches, unwiderstehlich Sieghaftes. Andri fühlte eine heilige Scheu im Herzen und stand wie ein Erstarrter vor ihr. Auch sie war wohl betroffen von dem Anblick des Kosaken, des Jünglingmannes in seiner ganzen Kraft und Schönheit, dem man auch jetzt, da er sich nicht bewegte, ansah, wie ungezwungen frei sich seine Glieder rühren müßten; sein Auge blitzte von sichrer Kraft, in kühnem Bogen schwang sich die samtne Braue, die sonnverbrannte Wange glühte vom Feuer unverdorbner Jugend, der kleine schwarze Schnurrbart glänzte seidig.

„Ich hab die Kraft nicht, noch die Macht, dir deine Güte zu vergelten, edler Ritter“, sagte sie, und ein Beben war in ihrer Silberstimme. „Gott allein kann dir das lohnen; niemals ein schwaches Weib wie ich . . .“

Sie schlug die Augen nieder; die schönen schneeigen Halbkreise der Lider, gesäumt von langen, pfeilgeraden Wimpern, verhüllten ihren Blick; auch ihr wunderholdes Gesicht neigte sich, und eine feine Röte stieg ihr in die Wangen. Andri wußte nichts zu erwidern; er hätte alles aussprechen mögen, was ihm am Herzen lag, es so glühend aussprechen mögen, wie ihm zumute war; aber er konnte es nicht. Ein dunkles Etwas versiegelte ihm die Lippen; die Stimme hätte keinen Klang gehabt – wie sollte er, das Kind des Seminars und des unsteten

Kriegerlebens, auf solche Rede Antwort geben? Er haderte mit dem Schicksal, das ihn als Kosaken das Licht der Welt hatte erblicken lassen.

In diesem Augenblick betrat die Tatarin das Gemach. Sie hatte schon ein Brot in Scheiben geschnitten, trug es auf goldner Platte herein und stellte die vor ihre Herrin hin. Das schöne Mädchen sah die Dienerin und das Brot an und schlug die Augen dann zu Andri auf – es lag gar viel in diesen Augen. Dieser ergriffne Blick, der von Leid und Entbehrung sprach und davon, daß sie nicht die Kraft hätte, ihrem starken Empfinden Ausdruck zu geben, sagte Andri mehr als alle Worte. Ihm wurde es auf einmal leicht ums Herz, als fiele eine innre Fessel von ihm ab. Sein Gefühl, das eine unbekannte Macht bis dahin hart im Zaum gehalten hatte, fand sich auf einmal in Freiheit wieder und wollte sich schon in unaufhaltsame Wortströme ergießen, als die Schöne plötzlich besorgt zu der Tatarin sagte:

„Und meine Mutter? Hast du ihr Brot gebracht . . .?“

„Ich konnte nicht: sie schläft.“

„Aber dem Vater?“

„Ja. Er will selbst kommen und dem Ritter danken.“

Das Fräulein nahm vom Brot und führte es zum Munde. In unbeschreiblicher Wonne sah Andri zu, wie sie es mit ihren weißen Fingern brach und aß.

Da mußte er jäh des Hungerwahnsinnigen gedenken, der vor seinen Augen an ein paar Bissen Brot gestorben war. Er wurde blaß, legte die Hand auf ihren Arm und rief: „Genug! Iß jetzt nicht mehr! Du hast so lange nicht gegessen – das Brot ist Gift für dich.“

Sie ließ die Hand sinken, legte folgsam wie ein Kind das Brot auf die Platte zurück und schenkte ihm einen ergriffnen Dankesblick. O hätte das Wort doch Kraft des Ausdrucks! Aber nicht Meißel noch Pinsel, nicht das hochmächtige Wort kann schildern, was zu solcher Stunde im Auge einer Jungfrau lebt – nur fühlen kann das, erschauernd vor Ergriffenheit, der Glückliche, den einer Jungfrau Auge mit solcher Wärme grüßt.

„Königin!“ rief Andri aus überströmendem Herzen. „Was brauchst du und was willst du? Befiehl! Wünsch dir das Unmöglichste, das es auf Erden gibt – ich laufe und erfüll es dir! Sag mir, ich soll zustande bringen, was über jedes Menschen Kräfte ist – ich tu's, und wenn ich dabei sterben soll! Dann sterb ich eben! Wenn es um dich ist, kann für mich nichts schöner sein. Beim heiligen Kreuz! – Aber ich sag es wohl nicht richtig. – Ich hab drei Höfe, die Hälfte von den Herden meines Vaters ist mir zu eigen – mein ist alles, was die Mutter dem Vater in die Ehe gebracht, und auch, was sie vor ihm verheimlicht hat – das alles ist mein. Keiner von unsern Kosaken hat solche schönen Waffen: allein für den Handgriff meines Säbels krieg ich auf der Stelle die beste Roßherde und dreitausend Schafe. Und auf das alles verzicht ich gern; ich geb es hin, verbrenn es, werf es ins Wasser, wenn du mir nur ein Wort sagst oder mir bloß mit deinen schwarzen Brauen winkst. Aber ich weiß schon, ich rede dumm, wie es sich hier nicht ziemt. Ich hab immer nur auf der Schule und im Lager gelebt, da kann ich die Worte nicht so setzen, wie es Brauch ist bei Königen und Fürsten und den Spitzen der adligen Ritterschaft. Ich seh ja, daß du ein andres Gottesgeschöpf bist als wir, und daß alle die andern Magnatenfrauen und Fräulein Töchter weit unter dir sind. Wir taugen nicht einmal zu Knechten für dich; nur die Engel im Himmel dürfen dir dienen."

Mit wachsendem Staunen, jedes Wort begierig schlürfend, lauschte die Jungfrau dieser frei aus seinem Tiefsten sprudelnden Rede, die ihr zum Spiegel seiner jugendmächtigen Seele wurde. Und jedes dieser schlichten Worte war angetan mit Kraft, und diese Stimme drang geradeswegs bis auf den Herzensgrund. Ihr schönes Antlitz kam ihm wie gebannt entgegen, ungeduldig warf sie die widerspenstigen Haare über die Schulter zurück und starrte ihn lange mit leicht geöffneten Lippen an. Dann wollte sie etwas sagen, blieb aber stumm – es war ihr eingefallen, daß den Ritter sein Los ganz andre Wege führte, daß hinter ihm sein Vater, seine Brüder und alle seine Volksgenossen als grausame Rächer drohten, daß die Kosaken, die Dubno eingeschlossen hielten, furchtbare Menschen waren, daß ihr, den Ihren und der ganzen Stadt qualvoller Tod bevorstand. Und plötzlich schossen ihr die Tränen in die Augen. Sie verhüllte das Gesicht mit einem zierlich gestickten Seidentüchlein; das war im Nu ganz tränennaß. So saß sie lange, das Haupt zurückgebeugt, und nagte mit den weißen Zähnen an ihrer roten Lippe, als hätte sie jählings den Biß einer Giftotter gefühlt. Sie nahm das Tuch nicht vom Gesicht – sie wollte ihn ihren bittern Schmerz nicht sehen lassen.

„Sag mir doch nur ein Wort!" stammelte Andri und faßte ihre weiche, glatte Hand. Heißes Feuer sprang aus dieser Berührung in seine Adern, er preßte ihre Hand, die leblos zwischen seinen Fingern lag.

Sie aber blieb still und stumm und rührte sich nicht und nahm das Tuch nicht vom Gesicht.

„Warum bist du so traurig? Sag mir nur, warum du so traurig bist?“

Sie warf das Tüchlein in die Ecke, strich sich die Haare aus den Augen und ergoß den Schmerz in Worte, die leise, leise von ihren Lippen rannen. So geht der Wind, der in der Dämmerung eines schönen Abends aufwacht, durch Rohr und Schilf am Bachesrand wehmütiges Wispern füllt mit sanftem Klagelaut die Luft; da hemmt der Wandrer den Schritt und lauscht in einer Trauer, die er nicht deuten kann, er sieht nicht mehr die Abendglut am Himmel, er hört nicht mehr die frohen Lieder der heimwärts ziehenden Schnitter, hört nicht das Rasseln des fernen Wagens auf der Straße mehr.

„Bin ich nicht ewigen Mitleids würdig? Ist sie nicht tief beklagenswert, die Mutter, die mich zum Licht gebar? Welch bittres Los ist mir gefallen! Welch schlimmer Henker bist du mir, grausames Schicksal! Alle hast du sie mir zu Füßen gelegt: die edelsten Junker, die reichsten Herren, Barone und Grafen aus fremden Landen, die Blüte der heimischen Ritterschaft. Sie alle liebten mich, sie alle hätte meine Liebe der Erde höchstes Gut gedünkt. Ein Wink von meiner Hand, so hätte mich der schönste an Antlitz und Gestalt, der höchste an Adel und Geschlecht als seine Frau vor den Altar geführt. Du duldetest es nicht, grausames Schicksal, daß unter ihnen allen einer mein Herz gewann; gewinnen mußte mein Herz nicht einer unserer besten Recken, nein, dieser Fremde, unser Feind. Womit hab ich mich denn versündigt, heilige Mutter Gottes, reine Magd, was habe ich verbrochen, daß du mich ohne Gnade und Mitleid schlägst? An Überfluß und üppigem Reichtum gingen mir die Tage; köstliche Leckerbissen und süße Weine waren meine Speise. Wozu wurde mir das gegeben? Warum wurde mir das gegeben? Damit ich jetzt zum Schluß eines so elenden Todes sterbe wie nicht der ärmste Bettler im Königreich? Und dir ists nicht genug, daß du mich zu so hartem Los verurteilst, dir ist es nicht genug, daß ich vor meinem letzten Seufzer sehen muß, wie mir Vater und Mutter unter unerträglichen Martern in den Tod vorausgehen; das alles ist dir nicht genug – du mußtest es so fügen, daß ich vor meinem Ende Worte höre und eine Liebe fühle, die ich nie gekannt. Du mußtest es so fügen, daß er mit seiner Rede mein Herz in Stücke reißt, daß mein bittres Los noch bittrer wird, daß mich mein junges Leben zwiefach dauert, daß zwiefach hart der Tod mich ankommt! Fluch dir, grausames Schicksal, und dir – verzeih mir Gott die Sünde –, heilige Jungfrau!“

Als sie verstummte, sprach volle Hoffnungslosigkeit aus ihren Augen, nagender Schmerz aus jedem Zug ihres Gesichts; die trüb gesenkte Stirn, die halbgeschlossenen Lider, die Tränen, die auf ihren Wangen standen und langsam trockneten – das alles sagte: Dies Antlitz kennt nie mehr ein Glück!

„Das hat man auf der Welt noch nie gehört", sprach Andri, „das kann auch nicht geschehen, daß die schönste und beste aller Frauen so etwas Bittres erdulden soll, wenn sie dazu geboren ist, auf den Knien angebetet zu werden, wie in der Kirche das Allerheiligste. Nein, nein, du stirbst nicht! Nein, du wirst nicht sterben! Ich schwör es dir bei meinem Namen und bei allem, was mir auf Erden lieb ist: nein, du wirst nicht sterben! Und wenn es doch so kommt und nichts mehr das bittre Schicksal wenden kann – nicht Manneskraft, nicht Mut und nicht Gebet –, dann sterben wir zusammen, und ich zuerst, ich sterbe vor dir; zu deinen Füßen will ich sterben, lebend trennt mich keine Macht von dir."

„Lügen wir uns nichts vor!" sprach sie und schüttelte leis das schöne Haupt. „Ich weiß ja und weiß es zu meinem Schmerze nur zu gut: du darfst mich gar nicht lieben; ich weiß, was dir beschworne Pflicht ist: dich ruft dein Vater, deine Freunde rufen, es ruft die Heimat, und wir sind deine Feinde."

„Was ist mir Vater, Freundschaft, Heimat?" rief Andri, warf den Kopf in das Genick und stand plötzlich so pfeilgerade aufgerichtet, wie die Pappel am Fluß zum Himmel ragt. „Muß es denn sein, so mag es sein: ich habe niemand! Niemand, niemand!" wiederholte er und warf die Handbewegung hin, mit der ein frischer, kecker Kosak erklärt, er wolle ein unerhörtes Stücklein vollführen, das ihm kein andrer nachmacht. „Wer sagt denn, daß mir das Grenzland Heimat ist? Wer gab es mir zur Heimat? Heimat ist mir, was meine Seele sucht, was mir das Liebste hier auf Erden ist. Du bist für mich die Heimat! Ja, das ist meine Heimat! Und diese Heimat will ich in meinem Herzen tragen, will ich hegen, solang ich lebe. Soll einer der Kosaken nur versuchen, sie mir aus der Brust zu reißen! Und was ich habe, geb ich hin, verkauf ich, laß ich zugrunde gehn für diese Heimat!"

Sie stand eine Weile starr wie ein schönes Marmorbild und sah ihn an, dann brach sie in heißes Schluchzen aus, stürzte ihm an die Brust und schlang die weißen Arme mit der hingerissenen Leidenschaft um ihn, deren nur eine edle Frau fähig ist, die ihrem Herzen folgt und keine enge Klugheit kennt.

In diesem Augenblick erhob sich draußen auf der Straße wirres Geschrei, Trompetenstöße und Paukenwirbel mischten sich darein; Andri hörte nichts von dem allen, er wußte nur, daß ihr Mund ihn in die holde Wärme ihres Atems hüllte, daß ihre Tränen heiß strömend über seine Wangen rannen, daß die blanke, duftende Seide ihres gelösten Haars als Mantel um ihn wallte.

Da stürmte die Tatarin mit einem Freudenschrei herein.

„Wir sind gerettet!“ rief sie außer sich. „Die Unsern sind in die Stadt gedrungen, sie bringen Brot und Weizen und einen Haufen Kosaken mit gebundnen Händen.“

Das junge Paar wollte nichts davon hören, wer hilfreich in die Stadt gedrungen wäre, welche Vorräte er mitbrächte und wie er zu seinen Gefangnen käme. Andri küßte die frischen Lippen seiner Schönen, und ihre Lippen weigerten ihm nicht den Dank. Sie küßte ihn wieder, und in diesem innigen, zugleich gegebnen und genommenen Kusse war jene Seligkeit beschlossen, die dem Menschen in seinem Leben einmal nur beschieden ist.

Verloren war der Kosak. Verloren für das ritterliche Kosakentum! Nie wieder sollte er das Lager sehen, nie wieder seines Vaters reiche Höfe, die Kirche seines rechten Glaubens! Nie wiedersehen sollte auch die Heimat ihn, den tapfersten von ihren tapfern Söhnen, die ihr zu Schutz und Ruhm ins Feld gezogen waren.

In Büscheln wird der alte Taraß das Haar aus seinem grauen Schopfe raufen, verfluchen wird er Tag und Stunde, da er, sich selbst zu Schmach und Schande, dieses Kind erzeugte.

Siebentes Kapitel

Erregtes Lärmen lief durch das Lager der Kosaken. Im Anfang konnte keiner Auskunft geben, wie es hatte geschehen können, daß die feindliche Truppenmacht in die Stadt gedrungen war. Alsbald aber erfuhr man den Grund: die ganze Gemeinde Perejaslaw, die vor dem Nebentor der Festung lag, war sinnlos trunken gewesen. Da konnte es nicht wundernehmen, daß die Hälfte des Regiments niedergesäbelt, die andre Hälfte gefangen war, bevor die Leute noch recht wußten, was eigentlich geschah. Als endlich der Lärm die Nachbargemeinden weckte und diese zu den Waffen griffen, war der Feind mit seiner Hauptmacht schon in der Stadt, und seine Nachhut hatte es nicht schwer, durch ein paar Salven die noch nicht so recht erwachten und halb trunknen Kosaken abzuweisen, als die in ungeordneten Haufen gegen sie anstürmen wollten.

Der Hetman rief das ganze Heer zusammen, und als nun alle, die Mützen in der Hand, den Ring um ihn geschlossen hatten und Stille eintrat, da begann er:

„Saubre Geschichten sind das gewesen heut nacht, ihr Herren und Brüder! Das kommt von dem verfluchten Saufen! So einen Possen darf der Feind uns spielen! Ihr habt ja feine Sitten: erlaubt man euch die doppelte Ration, dann sauft ihr euch gleich toll und voll, so daß der Feind der christlichen Ritterschaft euch unbesorgt die Pluderhosen vom Leibe ziehn kann; und wenn er euch dabei auch ins Gesicht niest – ihr merkt ja nichts davon."

Die Kosaken standen schuldbewußt, mit hangenden Köpfen. Bloß Kukubenko, der Oberst der Gemeinde Nesamoiko, verspürte den Drang, zu widersprechen.

„Laß dir nur Zeit, mein Lieber!" sagte er. „Es stimmt zwar nicht so recht zur Manneszucht, daß einer aus dem Glied heraus antwortet, wenn der Hetman vor versammeltem Heere spricht; aber die Sache war nicht so, und das muß gesagt werden. Ganz nach der Gerechtigkeit ist das einmal nicht, daß du der christlichen Ritterschaft so harte Vorwürfe machst. Schuldig wären die Kosaken freilich, und den Tod würden sie verdienen, wenn sie sich im Feld besoffen hätten, im Krieg, bei einer ernsthaften, richtigen Sache; aber wir saßen hier und taten nichts, wir brachten bloß so die Zeit hin vor dieser dummen Stadt. Irgendein Fasttag oder sonst ein kirchliches Verbot stand uns ja nicht im Weg; wie soll sich da ein richtiges Mannsbild nicht besaufen, wenn es sonst nichts zu tun hat! Das ist keine Sünde. Nein, zeigen wir ihnen besser, was das heißt, über unschuldige Leute herfallen! Wir haben sie früher tüchtig verdroschen, jetzt werden wir sie dreschen, daß sie nicht einen von ihren Knochen heil heimtragen sollen!"

Die Rede des Obersten gefiel den Kosaken. Sie hoben die gesenkten Köpfe, gar mancher nickte Beifall und sagte: „Wohl gesprochen, Kukubenko!"

Und Taraß Bulba, der nicht weit vom Hetman stand, nahm das Wort: „Na, Hetman, mir scheint, der Kukubenko spricht die Wahrheit. Was sagst nun du dazu?"

„Was soll ich sagen? Ich sage: gesegnet ist der Vater, der solch einen Sohn hat! Dazu gehört nicht viel Verstand, den Leuten Vorwürfe zu machen, aber großen Verstand braucht einer, um, ohne über das Unglück zu schimpfen, das einmal geschehn ist, die Leute wieder aufzupulvern und ihnen neues Feuer zu geben, wie man dem Gaul, der frisch vom Tränken herkommt, Feuer mit den Sporen macht. Ich hab euch selber so ein Wort zum Troste sagen wollen. Der Kukubenko kam mir nur zuvor."

„Wohl gesprochen hat auch der Hetman!" klang es aus den Reihen der Kosaken.

„Wohl gesprochen!" so stimmten die andern zu.

Und selbst die alten Grauköpfe, die aufgeblasen wie Täuberiche dastanden, nickten bedächtig, wölbten die Lippen vor, daß sich ihnen die greisen Schnauzbärte sträubten, und murmelten: „Sehr wohl gesprochen! Dies Wort hat Sinn und Verstand!"

„Hört also zu, ihr Herren!" fuhr der Hetman fort. „Es steht uns einmal nicht zu Gesicht und ist keine Kosakenarbeit, eine Festung zu belagern, Laufgräben vorzutreiben und uns unter der Erde durchzugraben, wie es die Zugereisten tun, die deutschen Meister – mag der Böse sie holen! Wenn man die Sache aber ansieht, wie sie ist, so hat der Feind nicht gar so viel Proviant mit in die Stadt gebracht; viele Wagen hat er bestimmt nicht bei sich gehabt. Die Leute drinnen sind ausgehungert – da fressen sie leicht alles auf einmal; und Heu für die Pferde – ich glaub ja nicht, daß irgendeiner von ihren Heiligen ihnen etwas vom Himmel auf ihre Gabeln herunterschmeißt. Na ja, das weiß natürlich Gott allein; ihre Pfaffen zwar haben es wohl mehr mit dem Maul. Ob aber wegen des Volks oder wegen des Viehs – zum Tor heraus werden sie so oder so bald müssen. Wir teilen uns deshalb in drei Haufen und sperren die drei Wege vor den drei Toren. Fünf Regimenter vor dem Haupttor, und vor den beiden andern drei und drei. Die Regimenter Djädki und Korßun legen sich in den Hinterhalt, auch Oberst Taraß mit seinem Regiment! Die Regimenter Tytarew und Tymoschew bleiben als Reserve dort rechts vom Wagenpark, und auf der andern Seite, links, die Regimenter Tscherbinow und Stebliki! Und nun die Burschen vor die Front, die ein gesundes Maulwerk haben; wir wollen die Feinde ein bißchen necken! So ein Polack hat ja kein Hirn im Schädel: wenn man ihn schimpft, geht er gleich in die Luft. Vielleicht bringt man die Gesellschaft auf die Art noch heute zum Tor heraus. Jeder Oberst mustert sein Regiment: bei wem die Zahl nicht voll ist, der holt sich Ersatz bei den Perejaslawern, die übrig sind. Und daß mir alles gründlich nachgesehn wird! Jeder Mann kriegt zur Entnüchterung einen Becher Schnaps und ein Brot. Freilich wird wohl noch jeder von gestern satt sein, denn da habt ihr euch, geben wir der Wahrheit die Ehre, alle mörderisch vollgefressen. Mich wundert nur, daß heute nacht kein Mann geplatzt ist. Und dann noch eins, strengster Befehl: wenn mir einer von den Marketendern, so ein verfluchter Jude, einem Kosaken bloß einen einzigen Schoppen Fusel verkauft, dem Hundsfott nagle ich ein Schweineohr auf die Stirn und henke ihn an den Beinen auf! – Nun an die Arbeit, Brüder! Frisch ans Werk!“

Also befahl der Hetman, und die Kosaken neigten sich tief vor ihm und eilten barhaupt zu ihren Wagen und Zelten; erst als sie ein weites Stück gegangen waren, wagten sie ihre Mützen wieder aufzusetzen. Und alles begann sich zu rüsten: sie prüften die Säbel und Pallasche, sie schütteten Pulver in die Hörner, schoben die Wagen auf einen Platz zusammen und wählten sich die Pferde für die Schlacht.

Wie Taraß so zum Sammelplatz seiner Leute ging, zerbrach er sich den Kopf darüber, wo Andri geblieben wäre.

Ob sie ihn wohl mit den andern erwischt und einfach im Schlaf gebunden hatten? Aber das konnte kaum sein: Andri war nicht der Kerl, der sich lebendig fangen ließ. Und unter den gefallnen Kosaken befand er sich nicht.

Tief in Gedanken, schritt Taraß die Front seines Regimentes ab und hörte gar nicht, daß ihn jemand, jetzt schon zum drittenmal, beim Namen rief.

Doch endlich fuhr er auf und fragte: „Was soll ich?“

Der Jude Zankel stand vor ihm:

„Herr Oberst, Herr Oberst!“ sagte der Jude hastig und mit zitternder Stimme, als müßte er ihm eine große Neuigkeit erzählen. „Ich bin nämlich gewesen ßu sein in der Stadt, Herr Oberst!“

Taraß sah den Juden an und schüttelte den Kopf. Wie war der Kerl nun wieder schon in die Stadt gekommen?

„Und welcher Satan hat dich hingebracht?“

„Nu–u, das erzähl ich Euer Gnaden gleich“, erwiderte Zankel. „Wie ich heut in der Früh hab gehört den Lärm, und wie die Herrn Kosaken machten de grauße Schießerei, da hab ich genommen meinen Kaftan und hab mer nich gelassen Zeit, hineinzuschlüpfen, und bin gelaufen, was ich konnte; erst unterwegs bin ich hineingeschlüpft in die Ärmel, weil ich ja gleich hab wissen wollen, was bedeutet der Lärm, und ßu was se schießen am frühen Morgen schon, de Herrn Kosaken. Nu–u, wie ich komm ßu laufen ans Stadttor, sind grad de letzten Truppen herein in de Stadt. Ich seh: vor der Abteilung reitet der Herr Kornett

Galjändowitsch. Ich kenn den Mann. Wie sollt ich nix kennen den Mann! Hundert Dukaten hat er genommen ßu leihen von mir, jetzt schon im dritten Jahr. Nu-u, ich ihm nach und so getan, als hätt ich vor, von ihm ßu fordern mein Geld. Nu-u, und so bin ich mit ihm in de Stadt."

„Was, in die Stadt bist du hinein und hast noch Geld von ihm gefordert?" fragte Bulba. „Ja, hat er dich denn da nicht auf der Stelle aufknüpfen lassen wie einen tollen Hund?"

„Nu freilich, straf mich Gott, hat er mich wollen knüpfen auf", antwortete der Jude. „Und seine Diener haben mich schon gehabt beim Wickel, und um den Hals war mer auch schon gelegt der Strick, aber ich hab gebittet recht schön den Herrn und hab gesagt, ich wart mit meinem Geld, solang als der Herr es möchte, ich geb ihm auch mehr noch ßu leihen, wenn er mir bloß will helfen, daß ich kann eintreiben de Gelder von den andern Herrn; denn, waih geschrien, der Herr Kornett – ich sag de reinste Wahrheit, Herr Oberst –, er hat ja sowieso nix gehabt keinen einzigsten Dukaten im Sack. Nu-u, gut: soll er haben soundso viel Höfe und Güter und Stücker vier Schlösser und ä graußes Stück Land in der Steppe – bei der Stadt Schklow is es –, von Bargeld hat er grad so viel wie ein Kosak: keinen blutigen Groschen. Auch jetzt – er hat ja bloß können ziehn in den Krieg, weil ihm die breslauer Jüden haben geborgt de Ausrüstung. Drum is er ja auch nix gewesen ßu sein auf dem Reichstag . . ."

„Was hast du in der Stadt gemacht? Und hast du unsere Leute da gesehn?"

„Wie soll ich nix sehen ünsere Leut! Es gibt da einen Haufen von ünsere Leut: den Itzig, den Rachum, den Schmuhl und den Chaiweles, was macht den jüdischen Pächter . . ."

„Verrecken sollen die Hunde!" schrie Taraß erbost. „Was mauschelst du mir vor von deinem Judenpack! Ich frag dich nach unsern Kosaken."

„Da hab ich nix nich gesehn, von ünsere Kosaken – bloß den Herrn Andri."

„Andri hast du gesehn?" rief Bulba. „So sprich doch, verdammter Kerl! Wo hast du ihn gesehn? In einem Keller? In einem dunkeln Loch? Entehrt? In Ketten?"

„Wer soll sich denn erlauben ä so ä Unverschämtheit, daß er möcht legen Herrn Andri in Ketten? Wo er jetzt is ä so ä graußmächtiger Ritter! Gott soll mich strafen, wenn ich ihn hab überhaupt wiedergekennt! De Schulterstücke – lauteres Gold, de Armschienen – Gold, der Harnisch – Gold, der Helm – Gold, der Gürtel voll Gold, und wo mer hinschaut – Gold, und alles bloß Gold. Genau so, als wenn im Frühjahr scheint de Sonne, und im Garten singen und piepen de Vögel, und jedes Gräschen riecht schön – genau so blänkert er von oben bis unten von Gold. Und seinen besten Gaul hat ihm der Marschall auch noch gegeben ganz fer umsonst; ßweihundert Dukaten kostet er leicht, ohne das andre, bloß der Gaul."

Bulba stand wie versteinert. „Ja, warum zieht er denn die fremde Tracht an?"

„Se wird ihm besser gefallen, darum ßieht er se an. Und er reitet herum, und de andern reiten herum; und er redet klug ßu ihnen, und se reden klug ßu ihm: akkerat wie der feinste polnische Herr."

„Wer kann ihn zwingen . . ;.?"

„Hab ich gesagt, es hat ihn einer gezwungen? Weiß der Herr Oberst nix, daß er aus freiem Willen hinüber is ßu de andern?"

„Wer ist hinüber?"

„Nu–u, der Herr Andri."

„Zu wem soll er hinüber sein?"

„Nu–u, auf de andre Seite; er is jetzt halt einer von ihre Leut."

„Das lügst du in deinen Hals, Hundsfott!"

„Woßu soll ich denn lügen? Ich wer ein Narr sein und lügen! Ich wer mich lügen um den eignen Hals! Ich weiß doch, der Jüd wird gehenkt als wie ein toller Hund, wenn er möcht lügen ßu einem Herrn!"

„Also willst du behaupten, er hat Vaterland und Glauben verkauft?"

„Hab ich gesagt, er hat eppes verkauft? Ich hab bloß gesagt, daß er hinüber is ßu de andern."

„Das lügst du, verfluchtes Schwein! Das war noch nie da auf der Christenerde! Du faselst, Satansbraten!"

„Gras soll wachsen vor meine Tür, wenn ich tu faseln! Ausspucken sollen alle Leut auf das Grab von meinen Vater, meine Mutter, meinen Schwiegervater, meine Großväter von Vater- und von Mutterseite, wenn ich tu faseln. Und will es der Herr Oberst wissen, so kann ich ihm auch sagen, worüm er is hinüber ßu de andern."

„Also?"

„Der Marschall hat ä so ä schöne Tochter. Gott soll mich strafen, is die schön!" Und der Jude versuchte, so gut es ging, die Schönheit der Marschallstochter durch Mienenspiel zum Ausdruck zu bringen: er spreizte die Finger, kniff die Äuglein zu und zog schmatzend das Maul schief, als koste er blanken Honigseim.

„Na ja, und dann?" fragte Taraß Bulba.

„Nu-u, und fer sie hat er getan das alles und is hinüber ßu de andern. Wenn sich der Mensch ämal verliebt hat, is er wie eine Schuhsohle, die mer hat eingeweicht ins Wasser – mer nimmt se und tut se biegen mit de Finger, nu-u, und se biegt sich."

Bulba versank in dumpfes Brüten. Er gedachte dessen, wie groß die Macht des schwachen Weibes ist, wieviel starke Männer schon daran zugrunde gegangen sind, wie leicht grade Andri solchen Wallungen folgte. Eine Weile stand Taraß am gleichen Fleck, als wäre er im Boden festgewurzelt.

„Wenn der Herr Oberst will horchen – ich verzähl de ganze Geschicht, wie se ist, dem Herrn Oberst", sagte der Jude. „Wie ich gehört hab heut früh den Lärm und hab gesehen, daß se hineinßiehn in de Stadt, da hab ich mer gedenkt: Was kann es schaden, ich steck mer in de Tasch eine Perlenschnur fer alle Fälle. Is nich wahr: es sind doch in der Stadt de schwere Menge schöne Mädchen und Edelfraun? Nu-u, und wenn wo sind schöne Mädchen und Edelfraun – sollen se auch nix haben ßu essen, ich kenn se: Perlen kaufen se doch. Nu-u, und wie se mich haben lassen laufen, de Diener vom Herrn Kornett, da bin ich gerennt auf dem Marschall sein Schloß, ob ich nix kann verkäufen de Perlenschnur. Und da hab ich gleich ausgefragt de Tatarin, de Zofe vom Fräulein. ›De Hochzeit wird sein gleich‹, hat se gesagt, ›wenn de Kosaken sind gejagt ßum Teufel‹, hat se gesagt. ›Herr Andri hat uns versprochen, er will jagen ßum Teufel alle Kosaken‹, hat se gesagt."

„Und du hast ihn nicht auf der Stelle erschlagen wie einen räudigen Hund?" brüllte Bulba.

„Heißt ä Frage! Erschlagen! Fer was denn? Is er nix hinüber freiwillig? Kann da der Mensch was dafür? Drüben gefällt es ihm besser. Nu-u: is er hinüber."

„Und du hast ihn selber gesehn?"

„Gott straf mich! Ich wer ihn nix haben gesehn! Ä so ä noblichter Ritter! Der schönste von alle. Soll er bleiben gesund: er hat mich gleich wiedergekennt; und wie ich bin gekommen ßu gehen näher bei ihm, da hat er gesagt . . ."

„Was hat er gesagt?“ rief Taraß.

„Er hat gesagt . . . Das heißt, ich will nix lügen: zuerst hat er mir gewunken mit seinem Finger, und dann erst hat er gesagt: ›Zankel!‹ hat er gesagt. Und ich: ›Herr Andri!‹ hab ich gesagt. ›Zankel‹, hat er gesagt, ›sag meinem Vater, sag meinem Bruder, sag den Kosaken, sag ihnen allen, daß der Vater mir nich mehr is der Vater, der Bruder – nich mehr der Bruder, der Kamerad – nich mehr der Kamerad, und daß ich werd fechten mit ihnen allen – mit ihnen allen!‹ hat er gesagt.“

„Erstunken und erlogen ist das, höllischer Judas!“ schrie Taraß in unbändiger Wut. „Verlognes Schwein! Du hast ja auch Christum gekreuzigt, gottverfluchter Heide! Ich stech dich ab, Satan verdammter! Mach dich dünn, oder du bist ein Kind des Todes!“

Taraß riß den Säbel aus der Scheide. Der erschrockne Jude rannte mit aller Geschwindigkeit davon, die seine dürren Beine hergeben wollten. Ohne sich ein einziges Mal umzusehen, jagte er durchs ganze Lager und noch weit ins freie Feld hinaus, obgleich Taraß gar nicht daran dachte, ihm nachzusetzen. Denn der Alte begriff sehr wohl, wie unsinnig es wäre, seine Wut so an dem ersten besten auszulassen.

Jetzt fiel ihm wieder ein, daß Andri heute nacht mit einem Frauenzimmer durchs Lager geschlichen war. Er ließ den grauen Kopf hangen und begriff immer noch nicht, wie solch ein Schimpf über ihn hatte kommen können, wie es möglich war, daß sein leiblicher Sohn schmählich Glauben und Ehre verriet.

Endlich raffte er sich auf und führte sein Regiment in den Hinterhalt: in das einzige Waldstück, das die Kosaken noch nicht niedergebrannt hatten. Die übrige Mannschaft aber, Fußvolk und Reisige, besetzte die drei Straßen, die zu den drei Toren führten. Eins nach dem andern marschierten die Regimenter auf: Uman, Popowitsch, Kanew, Stebliki, Nesamoiko, Gurgusi, Tytarew, Tymoschew. Bloß die Perejaslawer fehlten; selbst ihr gestrenger Herr Oberst Chlib hatte sich von den Polacken ohne Pluderhosen und Obergewand fortschleppen lassen müssen.

Die Leute in der Stadt vernahmen den Aufmarsch der Feinde. Sie strömten auf den Wall, und vor den Belagerern entfaltete sich ein buntes Bild: da standen sie oben, die polnischen Recken, einer immer schmucker als der andre. Die bronzenen Helme strahlten wie die Sonnen, und schwanenweiß wallten die Federn um sie. Andere von den Herren trugen leichte rosenrote und himmelblaue Mützen, deren Deckel keck auf das eine Ohr herabhingen, und goldgestickte oder einfach verschnürte Röcke mit hangenden Ärmeln. Sie führten kostbar verzierte Säbel und Büchsen, die den Herrchen schwere Summen gekostet hatten, und auch sonst sah man Schmuck in Hülle und Fülle. Vorn stand, aufgeblasen wie ein Truthahn, die rote, goldgestickte Mütze auf dem Kopf, der Oberst aus Budschaki. Gar ein gewichtiger Herr war der Oberst, höher und breiter als alles Volk ringsum; er platzte fast aus dem prächtigen Rock, der jedem andern zu weit gewesen wäre. Drüben, in der Gegend des Seitentores, stand der andre Oberst, ein kleines dürres Männlein, aber seine scharfen Augen spähten wachsam unter den buschigen Brauen hervor, er wendete sich schnell bald hierhin, bald dorthin, gab dem und jenem mit seiner schmalen, dünnfingrigen Hand einen hastigen Wink und erteilte Befehle; man sah, daß er sich trotz seiner Kleinheit recht gut auf das Kriegshandwerk verstand. Nicht weit von ihm stand der Kornett, ein endlos langer Bursche mit dickem Schnauzbart, bei dem man über Mangel an blühender Gesichtsfarbe gewiß nicht klagen konnte – dieser Herr hatte eine Schwäche für starken Met und üppige Mähler. Und hinter den dreien war die ganze Ritterschaft aufmarschiert. Der eine hatte sich selber ausgerüstet, beim andern hatte die königliche Kasse dafür gesorgt, bei manchem auch das Geld, das die Juden gegen Verpfändung von allem herliehen, was in den Ahnenschlössern nicht niet- und nagelfest war. Es fehlten auch nicht die Schmarotzer aus vornehmen Häusern, wie sie ein reicher Herr an seine Tafel zieht, um mit einem großen Hofstaat zu glänzen – Kerle, die dann zum Dank vom Tisch und aus den Kredenzen silberne Becher zu stehlen imstande waren, so daß einer, der heute noch als Ehrengast an vornehmem Tische saß, morgen vielleicht auf dem Kutschbock thronte und irgendeinem Edelmann die Pferde besorgte. Allerlei Leute gab es da. Manch einem klang kaum das Geld für ein Glas Schnaps im Beutel, aber für den Krieg hatten sie sich alle in Gala geworfen.

Die Reihen der Kosaken standen breitspurig vor den Mauern. Von ihnen war keiner mit Gold behängt; höchstens der Säbelgriff oder der Beschlag der Büchse funkelte bei dem und jenem hell in der Sonne. Es war nicht Brauch bei den Kosaken, sich für das Schlachtfeld aufzuputzen, schlicht waren Rock und Kettenpanzer, einen weithin sichtbaren starken Farbenklang in Schwarz und Rot gab die schwarze Lammfellmütze mit dem roten Boden dazu.

Nun sprengten zwei Kosaken vor die Front: der eine ein blutjunger Bursche, der andre ein wenig älter, beide mit einem gesunden Mundwerk gesegnet, aber auch mit der Faust keine schlechten Kosaken. Ochrim Nasch und Mykyta Golokopytenko waren ihre Namen. Hinter ihnen her lenkte Demid Popowitsch sein Pferd aus der Reihe, ein stämmiger Kosak, der sich seit vielen Jahren im Lager herumtrieb, bis vor Adrianopel gekommen und in seinem Leben nicht selten in des Teufels Küche geraten war. Er hatte schon auf dem brennenden Scheiterhaufen gestanden und war trotzdem ins Lager zurückgekehrt, freilich mit schwarzgeteertem Kopf und abgesengtem Schnauzbart; aber Popowitsch war bald wieder obenauf, er ließ sich einen neuen dicken, pechschwarzen Schnauzbart wachsen und einen Prachtschopf, den er verwegen hinter das linke Ohr gelegt trug. Auch ihn, den Demid Popowitsch, kannte man als einen Kerl mit spöttischem Mundwerk.

„Schöne Röcke habt ihr da oben; wenn ich nur wüßte, ob ihr auch so schön fechten könnt“, begann er.

„Ich zeigs euch!“ schrie der dicke Oberst. „An Händen und Füßen laß ich euch binden! Gebt die Büchsen und die Gäule heraus, ihr Sklavengesindel! Habt ihr vielleicht nicht gesehn, wie ich eure Leute hab binden lassen? Bringt sie schnell auf den Wall, die Kosaken!“

Und die gefesselten Kosaken wurden auf den Wall geführt, an ihrer Spitze der Oberst Chlib, ohne Hosen und Obergewand, wie sie ihn in seinem Rausch gefangen hatten. Der Oberst ließ den Kopf hangen, er schämte sich seiner Blöße vor den Kosaken und schämte sich, daß er sich hatte im Schlafe fangen lassen wie ein elender Hund. Sein mächtiger Kopf war in der einen Nacht völlig ergraut.

„Mach dir nichts draus, Chlib! Wir holen dich schon wieder!“ riefen die Kosaken hinauf.

„Bruder, mach dir nichts draus!“ sagte der Oberst Borodaty. „Ist ja nicht deine Schuld, daß sie dich nackend gefangen haben – Unglück kann jeder haben. Auf sie fällt die Schande, daß sie dich zum Schimpf hinstellen und nicht einmal deine Blöße bedecken, wie sichs gehört.“

„Gegen schlafende Leute habt ihr ersichtlich viel Mut“, rief Golokopytenko zu den Polen hinauf.

„Dazu reicht er schon noch, euch die Schöpfe herunterzuschneiden!“ schrie es von oben.

„Da möcht ich einmal zusehn, wenn die uns die Schöpfe herunterschneiden!“ rief Popowitsch, wendete seinen Gaul und sagte zu den Kosaken: „Na, wer weiß!

Kann ja sein, daß die Polaken ausnahmsweise einmal die Wahrheit reden: wenn sie der Dickwanst da zum Tor herausführt, stehen sie alle in gutem Schutz."

„Wieso meinst du, daß sie dann in so gutem Schutze stehn?" fragten die Kosaken, denn sie konnten sich natürlich denken, daß der Popowitsch einen Saftigen auf der Pfanne hatte.

„Ja nu: hinter dem Wanst verkriecht sich das ganze Heer, und es muß schon mit dem Teufel zugehn, wenn man da überhaupt noch einen um die Ecke herum mit der Lanze erwischt."

Da lachten die Kosaken dröhnend; und lange noch schüttelte mancher von ihnen den Kopf und sagte: „Ja, der Popowitsch! Wenn der sich einmal einen vornimmt – dann aber . . .!" – Was dann aber wäre, sagten die Kosaken nicht.

„Zurück, schleunigst zurück von der Mauer!" schrie der Hetman; denn die Polacken schienen keinen Spaß zu verstehen, der auf sie selber gemünzt war – ihr Oberst winkte schnell mit der Hand.

Kaum hatten sich die Kosaken davongemacht, da krachten auch schon vom Wall die Kartätschen. Treiben und Hasten kam in die Leute da oben, der grauköpfige Marschall selber zeigte sich hoch zu Roß. Das Tor ging auf, und das Heer marschierte heraus. Voran ritten in wohlgerichteten Reihen die Husaren, hinter ihnen die Panzerreiter mit ihren Lanzen, dann kam eine Schar in Bronzehelmen, und darnach, jeder für sich allein und nach seinem eignen Geschmack gerüstet, die vornehmen Junker. Diese stolzen Herrchen verschmähten es, mit den andern in die Front zu treten; hatte einer von ihnen keine Kommandostelle, so ritt er auf eigne Faust mit seinen Dienern in die Schlacht. Ihnen folgten wiederum Fronttruppen, darauf, sich stolz im Sattel wiegend, der Kornett, abermals Fronttruppen, und dann der dicke Oberst; als allerletzter Mann vom ganzen Heer kam schließlich der kleine Oberst zum Tor herausgesprengt.

„Laßt sie nicht aufmarschieren, laßt sie nicht aufmarschieren, schmeißt ihnen die Schlachtordnung über den Haufen!" schrie der Hetman. „Alle Regimenter zugleich auf sie! Laßt doch die andern Tore! Regiment Tytarew packt sie in der Flanke! Regiment Djädki – in die andre Flanke! Fallt ihnen in den Rücken, Kukubenko und Palywoda! Stört ihren Aufmarsch, bringt sie durcheinander!"

Von allen Seiten stürmten die Kosaken an, sie störten die Ordnung der Polen, brachten sie durcheinander und gerieten selbst durcheinander. Sie ließen den

Feind nicht erst zum Feuern kommen; es war ein Kampf mit Schwert und Lanze, ein wütendes, eng geballtes Getümmel, in dem jedermann Mut und Kraft zu bewähren vermochte.

Demid Popowitsch erstach drei gemeine Soldaten und hieb zwei adlige Junker aus den Sätteln. „Die Gäule lob ich mir!“ rief er. „Solche Gäule hab ich mir lange gewünscht!“ Er jagte die Beutetiere weit ins Feld hinaus und rief den Kosaken, die dort hielten, zu, sie sollten sie fangen. Dann stürzte er sich wieder ins Gewühl und griff von neuem die Junker an, die er aus den Sätteln gehauen hatte. Den einen erschlug er, dem andern warf er den Fangstrick um den Hals. Er nahm ihm den Säbel mit dem kostbaren Griff ab und schnitt ihm die dukatenschwere Geldkatze vom Leib, dann band er ihn an seinen Sattel, gab dem Pferde die Sporen und schleifte den Feind über das weite Blachfeld.

Kobita, ein wackrer Kosak, noch jung an Jahren, geriet mit einem der Tapfersten aus dem polnischen Heer zusammen. Lange fochten sie miteinander und packten sich schließlich zum Ringkampf. Schon hatte der Kosak gesiegt und den andern auf den Rücken gelegt, er hieb ihm das scharfe türkische Messer in die Brust; aber er nahm sich selbst nicht in acht, und unversehens fuhr ihm eine heiße Kugel in die Schläfe. Der vornehmste unter den polnischen Herren hatte ihn gefällt, ein schöner Ritter aus altem Fürstengeschlecht. Schlank und gerade wie eine Pappel, sprengte er auf falbem Gaul einher. Und herrlich hatte er seine Ritterkühnheit schon bewährt: zwei Kosaken hatte er förmlich gespalten mit seinen Hieben; den Fjodor Korsch, einen wackern Kosaken, hatte er mit seinem Gaul niedergeworfen, den Gaul erschossen und den Kosaken unter dem Gaul mit der Lanze erstochen; so manchem hatte er Kopf und Arm abgeschlagen und zuletzt den Kosaken Kobita durch einen Schuß in die Schläfe gefällt.

„Dem zeig ichs!“ rief Kukubenko, der Oberst vom Regiment Nesamoiko.

Er trieb sein Pferd an, fiel dem Ritter in den Rücken und schrie so gewaltig, daß allen, die es hörten, das Schlottern in das Gebein fuhr vor diesem unmenschlichen Brüllen. Der Polack wollte seinen Gaul schnell herumreißen und Brust gegen Brust mit dem Angreifer kämpfen, aber der Gaul gehorchte ihm nicht: er sprang, erschrocken von dem lauten Gebrüll, zur Seite, und Kukubenkos Büchsenkugel traf den Feind. Sie drang ihm durchs Schulterblatt in den Leib, und er fiel aus dem Sattel. Auch jetzt noch wollte der Pole sich nicht ergeben, er holte zum Schlag aus, doch sein Arm war zu schwach und sank machtlos samt dem Schwerte nieder. Kukubenko aber faßte seinen schweren

Pallasch mit beiden Fäusten und stieß ihn dem Feind gerade zwischen die jäh erblichnen Lippen, der Pallasch schlug dem Ritter zwei Zähne, weiß wie Zucker, aus dem Oberkiefer, spaltete ihm die Zunge, zertrümmerte ihm die Nackenwirbel und drang noch tief in den Boden. So nagelte der Oberst seinen Feind für ewig an die kühle Erde. In schlankem Springquell, rot wie die Schneeballbeere am Bach, schoß das adlige Blut empor und färbte des Ritters gelben, goldgestickten Rock. Kukubenko aber kümmerte sich nicht weiter um ihn und sprengte mit seinen Nesamoikern da hin, wo das Gewühl am dichtesten war.

„Ha, der Narr! Läßt die kostbare Beute liegen!" sagte Borodaty, der Oberst des Regiments Uman und lenkte den Gaul von den Seinen fort, hin zu dem Platz, wo der von Kukubenko gefällte Ritter lag. „Sieben Junker hab ich heute mit dieser Faust erschlagen – solch eine Beute sah ich bei keinem."

Die Habgier übermannte Borodaty; er bückte sich zu dem gefallnen Junker, ergriff dessen türkisches Messer mit der edelsteinfunkelnden Scheide, band ihm die dukatenschwere Geldkatze vom Leib, zog ihm den Beutel mit seiner Wäsche, kostbarem Silberzeug und einer zum Gedächtnis aufbewahrten Mädchenlocke aus dem Busen. Der arme Borodaty merkte gar nicht, daß hinter ihm der rotnäsige Kornett herangesprengt kam, den er heute schon einmal aus dem Sattel gehauen hatte, wovon der lange Kerl eine tüchtige Schramme als Denkzettel trug. Hoch durch die Luft schwang der Kornett den Säbel und hieb ihn dem Obersten ins Genick. Übel geleitet hatte den Kosaken die Habgier: sein gewaltiges Haupt sprang von den Schultern, zu Boden stürzte der kopflose Rumpf und tränkte die Erde in weitem Umkreis mit Blut. Gen Himmel fuhr die männische Kosakenseele, murrend und grollend, dazu baß erstaunt, weil sie den starken Leib so früh schon verlassen mußte. – Der Kornett konnte das Haupt des Recken nicht mehr beim Schopfe packen und an seinen Sattel binden, denn schon war ein grimmiger Rächer über ihm.

Wie der Weih hoch oben im Himmel auf starken Flügeln gewaltige Kreise zieht, dann plötzlich weitklafternd still steht und sausend gleich einem Pfeil auf das jammernde Wachtelmännchen am Wegrain niederschießt, so stürzte sich jetzt Taraß Bulbas Sohn Ostap auf den Kornett und warf ihm tödlich sicher den Fangstrick ums Genick. Noch roter wurde der rote Kopf des Junkers, als die Schlinge ihm grausam die Gurgel schnürte. Zwar riß er die Pistole aus dem Gürtel, aber die krampfig geballte Faust konnte nicht zielen, und die Kugel flog ohnmächtig in die Weite. Ostap aber nahm sogleich die seidne Schnur vom

Sattel des Kornetts, die der bei sich führte, seine Gefangnen zu fesseln. Er band ihm mit der eignen Schnur die Hände und die Füße, machte das Ende des Stricks an seinem Sattel fest und schleifte den Feind über das Blachfeld. Sein lauter Zuruf mahnte die Kosaken des Regiments Uman, ihrem Führer die letzte Ehre zu erweisen.

Da die Umaner hörten, daß Borodaty gefallen war, verließen sie das Schlachtfeld und eilten, seinen Leichnam zu bergen. Und dann berieten sie gleich, wen sie zum Führer wählen sollten. Endlich sagten sie:

„Was wollen wir lange beraten? Einen bessern Obersten finden wir nie als Ostap Bulba; es ist schon wahr, daß er der Jüngste ist von uns allen. Aber Verstand hat er wie ein Alter."

Ostap zog die Mütze und dankte den Kameraden für die erwiesene Ehre. Er sprach nicht erst lang und breit von seiner Jugend und Unerfahrenheit – er wußte, daß es im Krieg nicht Brauch ist, sich mit so etwas aufzuhalten. Er führte die Seinen sofort in das Kampfgewühl und bewies ihnen da, daß ihre Wahl nicht auf den Falschen gefallen war. Den Polacken begann die Sache brenzlich zu riechen, sie wichen schleunigst und sammelten sich erst unweit der Mauer. Der kleine Oberst aber gab den vier frischen Fähnlein, die am Stadttor in Reserve standen, schnell einen Wink, und alsbald wurde von dort mit Kartätschen in das Kosakenheer gefeuert; das schuf jedoch wenig Verluste, und ein paar Kugeln schlugen mitten zwischen die Zugochsen der Kosaken, die aus großen, scheuen Augen in das Schlachtgewühl starrten. Dumpf auf brüllten die erschrocknen Rinder, sie jagten durch das Kosakenlager davon, zertrümmerten viele Wagen und trampelten so manchen Mann tot. Da aber brach Taraß mit seinem Regiment aus dem Hinterhalt und warf sich ihnen unter Lärmen und Geschrei entgegen. Erschrocken machte die wild gewordne Herde kehrt und raste nun gegen die polackischen Truppen an, rannte die Reiterei über den Haufen, rannte alles nieder und schuf das tollste Durcheinander.

„Recht so, ihr Ochsen, und schönen Dank!" schrieen die Kosaken. „Ihr habt im Troß schon oft gezeigt, was ihr für Kerle seid, jetzt tut ihrs auch in der Schlacht!"

Mit frischen Kräften hieben sie auf den Feind ein. Gar mancher erwarb sich hohen Ruhm: Metelitza, Schilo, die beiden Pißarenko, Wowtusenko; wer nennt sie alle! Die Polacken sahen, daß die Sache ein böses Ende nahm, sie schwenkten die Fahnen und schrieen, man solle das Tor öffnen. Laut in den Angeln kreischend, ging das eisenbeschlagne Tor auf, und die ermatteten, staubbedeckten Reiter drängten hinein, wie Schafe in ihren Pferch. Viele von den Kosaken machten sich an die Verfolgung. Ostap aber tat seinen Umanern Einhalt und rief:

„Zurück, zurück von der Mauer, ihr Herren und Brüder! Nur nicht zu nah heran! Sonst gibt es ein Unglück." Und er hatte recht: die Polen schossen von den Wällen und warfen mit allem, was ihnen unter die Hände kam. Gar mancher mußte da noch sein Leben lassen.

Der Hetman, der grade vorbeigeritten kam, lobte Ostap und sagte: „Das ist ein neuer Oberst, aber er führt sein Regiment wie ein Alter!"

Der alte Bulba sah sich um: er wollte wissen, von welchem neuen Obersten die Rede ging. Und er sah Ostap vor den Umanern im Sattel sitzen, die Mütze keck aufs Ohr gerückt, den Kommandostab in der Hand.

„Sieh, so ein Kerl!" sagte der Alte und freute sich und dankte den Umanern für die Ehre, die sie seinem Sohn erwiesen hatten.

Die Kosaken zogen sich weiter zurück und wollten schon ins Lager abrücken, aber die Polacken strömten wieder auf den Wall, jetzt freilich in zerrissenen Mänteln. Mit Blut besudelt war mancher kostbare Rock, und dicker Staub lag auf den schönen Bronzehelmen.

„Na, habt ihr uns jetzt gebunden?" schrieen die Kosaken hinauf.

„Ich zeig es euch schon!" schrie unbeirrt der dicke Oberst hinunter und schwenkte einen Strick in der Luft; die staubbedeckten und erschöpften Krieger verstummten noch eine ganze Weile nicht, die Hitzköpfe auf beiden Seiten bombardierten sich mit spitzigen Worten. Endlich aber machten sich die Kosaken in das Lager davon. Der eine streckte sich, erschöpft vom Kampf, zur Ruhe in das Gras, der andre legte Erde auf seine Wunden und zerriß kostbare Tücher und Gewänder, die er dem toten Gegner abgenommen hatte, zu Verbandstreifen. Wieder andre, die sich noch frischer fühlten, lasen die Gefallnen auf und erwiesen ihnen die letzte Ehre. Mit Pallaschen und Lanzen lockerten sie den Boden, in ihren Mützen und Rockschößen hoben sie die Erde heraus; ein ehrliches Begräbnis gaben sie den toten Kosaken und deckten sie mit frischer Erde, auf daß kein Rabe oder Geier ihnen die Augen aushacke. Die Leichname der Polacken aber banden sie, wie sichs grade traf, selbzehnt an die Schweife von wilden Rossen und jagten die ins weite Blachfeld hinaus; sie selber sprengten hinterdrein und peitschten den Gäulen die Flanken. Die scheu gewordnen Tiere setzten in wilden Sprüngen über Raine und Hümpel, Gräben und Bäche, hart gegen den Boden schlugen die blut- und staubbesudelten Leichname der Polenkrieger.

Dann lagerten die Kosaken sich Regiment für Regiment im Kreise zur Abendmahlzeit und sprachen noch lange von den Taten und Siegen, die jeder vollbracht und errungen hatte, auf daß sie zur unsterblichen Sage würden für kommende Kosakengeschlechter, für Kind und Kindeskind. Spät erst legten sie sich zur Ruhe; am allerspätesten aber streckte der alte Taraß sich aus. Er saß und grübelte darüber nach, was es wohl zu bedeuten hätte, daß Andri nicht unter den feindlichen Kriegern gewesen war. Hatte dem Judas doch das Gewissen geschlagen, als er gegen die Seinen ausrücken wollte? Oder hatte Zankel gelogen, und war Andri einfach gefangen? Dann aber dachte Bulba daran, wie über die Maßen leicht Andris Herz durch süße Weiberrede zu kirren war; grimme Trauer schüttelte ihn, und harte Rache schwor er dem Polenmädchen, das seinen Sohn verzaubert hatte. Und er hätte den Schwur gehalten: er hätte ihre Schönheit nicht angesehen, sie an der üppigen Haarflechte aus dem Versteck gezerrt, sie über das weite Feld mitten in den Kreis der Kosaken geschleift. Am rauhen Erdreich wundgeschlagen, mit Blut und Staub bedeckt hätten sich ihre herrlichen Brüste und Schultern, die an Weiße dem ewigen Schnee glichen, der auf den Bergfirnen leuchtet. In die vier Winde hätte Bulba die Stücke ihres blühenden Leibes gestreut. Jedoch der Alte konnte nicht ahnen, was Gott ihm für morgen bereit hielt ... Seine Gedanken verschwammen, und er schlief endlich ein.

Die Kosaken plauderten immer noch fort; die ganze Nacht hindurch aber wachte bei jedem der Feuer ein Posten und spähte scharf und nüchtern, ohne Zwinkern, nach allen Seiten gegen den Feind.

Achtes Kapitel

Die Sonne stand noch nicht wieder im Mittag, da traten die Kosaken schon zur Beratung in den Ring. Aus dem Heimatlager war Botschaft gekommen, daß die Tataren die Abwesenheit der Kosaken benutzt hätten, das Lager zu überfallen und auszuplündern. Sie hatten sogar den an geheimem Ort vergrabnen Kriegsschatz aufgespürt und mitgenommen. Die wenigen Leute, die daheim geblieben waren, hatten sie erschlagen oder gefangen weggeführt. Jetzt zogen sie mit der gemachten Beute und den geraubten Roß- und Rinderherden geradeswegs auf Perekop zu. Ein einziger Kosak, Maxim Goloducha, war unterwegs aus der Gefangenschaft entronnen. Er hatte einen Mirza der Tataren erstochen und ihm den Sack mit Zechinen vom Gurt geschnitten, er war auf einem Tatarenpferd und in tatarischer Kleidung der Verfolgung entronnen und zwei Tage und zwei Nächte geritten, hatte den ersten Gaul zu Tode gehetzt, war auf einen andern gestiegen, hatte auch den zuschanden geritten und auf dem dritten endlich das Feldlager seiner Kameraden erreicht. Daß die vor Dubno standen, war ihm unterwegs berichtet worden. Er konnte nichts tun, als kurze Meldung von der bösen Schlappe erstatten. Wie es dazu gekommen wäre: ob etwa die Kosaken wieder einmal nach leichtsinnigem Lagerbrauch gebechert hätten und trunken in Feindeshand gefallen wären, war nicht von ihm zu erfragen. Im Dunkeln blieb es auch, auf welche Weise die Tataren das Versteck des Kriegsschatzes erkundet hätten. Der Bote war gänzlich erschöpft, geschwollen an allen Gliedern, rot im Gesicht von Sonnenbrand und Wind; er sank, wo er stand, in sich zusammen und fiel in tiefen Schlaf.

In solchen Fällen war es Brauch bei den Kosaken, sich spornstreichs an die Verfolgung der Räuber zu machen und sie, wenn es irgend ging, noch auf dem Marsche zu fassen. Gelang das nicht, so dauerte es wohl nicht lange, bis die gefangnen Kosaken auf den Märkten Kleinasiens, in Smyrna, auf der Insel Kreta und wer weiß wo sonst überall in der Welt als Sklaven verkauft wurden. Deswegen strömte jetzt das ganze Heer zum Kriegsrat in den Ring. Heute behielt jeder die Mütze auf dem Kopf, denn sie kamen nicht, als Untergebne Befehle vom Hetman zu empfangen, sondern als Gleichberechtigte Rats miteinander zu pflegen.

„Sollen zuerst die Ältesten ihre Meinung sagen!" rief es aus der Menge. „Soll als erster der Hetman seine Meinung sagen!" entgegneten andre Stimmen.

Und der Hetman, der sich nicht mehr als Vorgesetzter, sondern nur noch als Kamerad zu fühlen hatte, zog die Mütze, dankte allen Kosaken für die erwiesene Ehre und fuhr dann fort:

„Es sind unter uns viele, die älter und klüger sind als ich, aber wenn ihr mir schon die Ehre gebt, so ist mein Rat: nicht eine Stunde Zeit mehr verlieren, Kameraden, und hinter den Tataren her! Ihr wißt ja selber, was für ein Pack die Tataren sind: die warten mit dem geraubten Gut nicht, bis wir kommen, sondern bringen es schleunigst durch, daß auch kein Fetzen übrig bleibt. So lautet mein

Rat: marschieren! Das hier in Polen war immerhin schon ein Krieg, den man sich wohl gefallen lassen konnte. Jetzt weiß der Polack wieder für eine Weile, wer die Kosaken sind. Wir haben nach Kräften Rache genommen für die Schändung des rechten Glaubens; viel Beute ist ja doch nicht zu holen in dieser hungrigen Stadt. Und darum ist mein Rat: marschieren!“

„Marschieren!“ klang es kräftig aus den Kosakenregimentern zurück.

Doch Taraß Bulba gefielen diese Worte übel. Noch tiefer auf die Augen senkte er die struppigen schwarzen Brauen, aus denen schon viel gebleichte Haare starrten, dem Rauhfrost gleich, der hoch am Bergeshang die Latschenwipfel mit weißen Nadeln schmückt.

„Nein, Hetman, das ist kein richtiger Rat, den du uns gibst!“ begann er. „Du hast leicht reden. Hast du denn ganz vergessen, daß unsere Leute, die den Polacken in die Hände gefallen sind, dann einfach gefangen bleiben? Wir sollen wohl das oberste und heiligste Gesetz der Kameradschaft verachten und unsere Brüder schmählich verlassen, sollen dulden, daß man sie bei lebendigem Leib schindet, oder sie vierteilt und die Stücke in den polackischen Städten und Dörfern zur Schau stellt, wie die Kerle es schon mit dem Hetman und den besten Recken im Grenzland gemacht haben? Und wenn man daran nicht denken will – haben sie denn nicht auch ohne das genug Schindluder getrieben mit unsern Heiligtümern? Was sind wir denn für Leute? frag ich euch allesamt. Was ist das für ein Kosak, der seinem Kameraden im Elend die Treue nicht hält und ihn in der Fremde schmählich verrecken läßt wie einen Hund? Wenn es denn schon so weit gekommen ist, daß jeder die Kosakenehre für einen Dreck ansieht und sich in seinen grauen Schnauzbart spucken läßt und die gemeinsten Schimpfnamen ruhig einsteckt – von mir soll keiner so etwas sagen. Dann bleib ich allein!“

Bulbas Worte brachten die Kosaken in starken innern Zwiespalt.

„Ja, aber hast du vergessen, tapfrer Oberst“, begann von neuem der Hetman, „daß die Leute, die von den Tataren gefangen wurden, nicht minder unsere Kameraden sind? Wenn wir sie nicht gleich heraushaun, so werden sie doch für ewige Zeiten von den Heiden zu Sklaven gemacht; und das ist schlimmer als der schmachvollste Tod. Und hast du vergessen, daß die Tataren unsern ganzen Kriegsschatz geraubt haben, für den so viel ehrliches Christenblut geflossen ist!“

Die Kosaken standen in zweifelnden Gedanken und wußten nicht, was sie sagen sollten. Keiner von ihnen mochte sich einen schimpflichen Ruhm verdienen. Da trat Kassian Bowdjug in den Kreis, der älteste im ganzen Heer. Er stand bei allen Kosaken hoch in Ansehn; zweimal war er im Frieden erwählter Hetman gewesen, und auch im Krieg hatte er sich stets als wackrer Kosak bewährt. Jetzt aber war er ein alter Mann; er sprach auch niemals mehr im Rat, gern aber lag er abends im Kreis der Kosaken und hörte zu, wenn sie von Abenteuern und Schlachten vergangner Tage plauderten. Er mischte sich niemals ins Gespräch, sondern lauschte nur schweigend und drückte mit dem Daumen die Asche in der kurzen Pfeife fest, die in seinem Munde nie kalt wurde. Lange konnte er so mit halbgeschlossenen Augen liegen, und die Kosaken wußten oft nicht, ob er schon schlafe oder noch immer auf ihre Reden horche. Schon lange war er nicht mehr ins Feld gezogen, aber diesmal hatte es den Alten doch wieder gepackt. Er hatte mit der großartig wegwerfenden Handbewegung, die die Kosaken lieben, frisch gesagt: „Was kann da sein! Ich will doch mitgehn: zu irgend was mag ich den Unsern vielleicht immer noch nützen!“ – Alle Kosaken verstummten, da er jetzt in den Ring trat, denn lange schon hatte keiner mehr ein Wort aus seinem Mund gehört. Und jeder wollte wissen, was Bowdjug nun wohl zu sagen wüßte.

„Jetzt mag die Reihe an mir sein, ein Wörtlein zu sprechen, ihr Herren und Brüder!“ begann er. „Hört zu, ihr Kinder, was euch der Alte sagt! Sehr weise hat der Hetman gesprochen; er ist ja auch das Haupt des ganzen Heeres, und es ist seines Amtes, für alle zu denken und sich um den Kriegsschatz zu kümmern: er konnte nicht weiser reden, als er getan hat! So ist es! Und dies soll meine erste Rede sein! Jetzt aber hört gut zu, was meine zweite Rede ist. Meine zweite Rede heißt aber so: die reine Wahrheit hat auch der Oberst Taraß gesagt – Gott schenk ihm lange Jahre und schenke dem Grenzland noch manchen Führer von solcher Art! Die erste Pflicht und die höchste Ehre des Kosaken ist treue Kameradschaft. Solange ich schon auf der Erde lebe – ich habe nie gehört, daß irgendwo und irgendwie jemals ein Kosak den Kameraden verlassen und verkauft hat. Die einen wie die andern sind unsere Kameraden; und mögen es ihrer viel sein oder wenige – darauf kommt es nicht an: Kameraden sind sie uns alle, und alle sind sie uns lieb und wert. Darum heißt meine Rede so: alle, denen die Kameraden lieber sind, die in die Hände der Tataren fielen, sollen den Tataren nachsetzen, alle aber, denen die Kameraden lieber sind, die in die Hände der Polacken fielen, und die das gerechte Werk nicht halb getan verlassen wollen – die bleiben hier. Der Hetman zieht, wie es auch seine Pflicht ist, mit der einen Hälfte gegen die Tataren, die andre Hälfte aber wählt sich einen Hetmanvertreter. Und wenn ihr einem grauen Haupt folgen wollt, sag ich euch dies: zum Hetmanvertreter kann keiner besser taugen als der Oberst Taraß Bulba allein. Keiner von uns ist ihm an Ruhm und wackern Taten gleich." Also sprach Bowdjug und verstummte.

Alle Kosaken aber freuten sich dessen, wie klug ihnen der Alte geraten hatte. Sie warfen ihre Mützen in die Luft und riefen: „Wir danken dir, Alter! Lange, lange, gar lange hast du kein Wort gesagt; jetzt sagst du uns gleich etwas Rechtes. Das war nicht in die Luft geredet, als du beim Abmarsch meintest, du kannst uns vielleicht immer noch nützen. So ists auch gekommen."

„So seid ihr einverstanden mit dem Rat?" fragte der Hetman.

„Ja!" schrieen die Kosaken.

„Dann schließe ich die Versammlung . . .?"

„Schließe sie nur!" schrieen die Kosaken.

„Hört jetzt die Ordre, Kinder!" sagte der Hetman. Er trat in den Ring und bedeckte sein Haupt, alle Kosaken vom ersten bis zum letzten aber zogen die Mützen und standen barhaupt mit gesenkten Blicken, wie es der Brauch war, wenn ein Vorgesetzter befahl: „Nun teilt euch, ihr Herren und Brüder! Wer mitziehen will, der geht zur Rechten, wer lieber dableibt, geht zur Linken! Jeder Oberst stellt sich dahin, wo der größere Teil seines Regiments ist; der kleinere Teil tritt dann drüben unter die Fahne eines andern Regiments."

Die Kosaken wimmelten durcheinander, die einen zur Rechten, zur Linken die andern. Der Oberst stellte sich dahin, wo der größere Teil seines Regiments war; der kleinere Teil trat dann drüben unter die Fahne eines andern Regiments. Und es erwies sich, daß beide Haufen bis auf ein Geringes gleich groß wurden. Bleiben wollten: fast das ganze Regiment Nesamoiko, die größere Hälfte des Regiments Popowitsch, das ganze Regiment Uman, das ganze Regiment Kanew, die größere Hälfte des Regiments Stebliki, die größere Hälfte des Regiments Tymoschew. Alle übrigen wollten sich zur Verfolgung der Tataren aufmachen. Unter denen, die gegen die Tataren reiten wollten, waren Tscherewaty, ein wackrer alter Kosak, Pokotypole, Lemisch, Choma Prokopowitsch; auch Demid Popowitsch gehörte zu dieser Partei, denn er war ein unruhiger Geist und hielt es nicht lange auf einem Fleck aus; an den Polacken hatte er sich jetzt versucht, nun wollte er sich wieder einmal an den Tataren versuchen. Die Obersten dieser Schar waren: Nostjugan, Pokryscha, Newylytschki; und noch gar so mancher andre berühmte und tapfre Kosak gedachte die Schärfe seines Schwertes und die Kraft seines Arms zu erproben im Kampf gegen den Tataren. Nicht klein war auch die Zahl der tüchtigen Kosaken, die bleiben wollten. Da waren die Obersten Demytrowitsch, Kukubenko, Wertychwist, Balaban, Ostap Bulba, und außerdem noch eine Menge von ruhmreichen und mutigen Kriegern: Wowtusenko, Tscherewytschenko, Stepan Gußka, Ochrim Gußka, Mykola Gusty, Sadoroschni, Metelitza, Iwan Sakrutyguba, Moßi Schilo, Degtarenko, Sydorenko, Pißarenko, noch ein Pißarenko, ein dritter Pißarenko, und weiter eine Menge von wackern Kosaken. Sie waren fast alle weitgereiste Leute: sie kannten die Küsten Anatoliens, die Salzsümpfe und Steppen der Krim, die kleinen und die großen Flüsse, die in den Dnjepr münden, die geheimen Schlupfwinkel im Grenzland und die Dnjeprinseln, sie kannten die Moldau, die Walachei, das Türkenland; sie hatten auf ihren zweirudrigen Kosakenkähnen das weite Schwarze Meer unsicher gemacht; mit fünfzig Kähnen hatten sie die reichsten und größten Schiffe geentert, manche türkische Galeere hatten sie versenkt und eine schwere, schwere Menge Pulver in ihrem Leben verschossen. Gar oft hatten sie kostbare Tücher und edeln Samt zu Fußlappen zerrissen, sich gar oft die Hosensäcke mit blanken Zechinen vollgestopft. Wieviel aber jeder von ihnen vertrunken und verjubelt hatte – Summen, die andern Leuten bis ans Lebensende gereicht hätten –, das rechnet keiner aus. Sie hatten nach Kosakenart mit ihrem Beutegeld gehaust, die ganze Welt zu Gast geladen und die Musik aufspielen lassen, daß jeder sein Teil habe an ihrer Freude. Manch einer aus ihrer Schar hatte auch heute noch irgendwo einen Schatz vergraben: silberne Kannen und Becher und Armringe, irgendwo im Schilfdickicht der Dnjeprinseln, damit es der Tatar nicht finde, wenn es einmal das Unglück wollte, daß ihm ein unvermuteter Überfall auf das Lager glückte; aber es wäre ein schweres Stück Arbeit für den Tataren gewesen, die Schätze zu heben – wußte doch oft ihr Besitzer selber kaum noch, wo er sie vergraben hatte. Leute von dieser Art waren die Kosaken, die dableiben und Rache an den Polacken nehmen wollten für ihre treuen Kameraden und die Schändung des rechten Christenglaubens!

Auch der alte Bowdjug blieb mit ihnen da. Er sagte: „Ich bin jetzt nicht mehr in den Jahren, wo's einem Freude machen kann, hinter den Tataren herzujagen. Hier aber ist ein Platz, wo einen ein ehrlicher Kosakentod wohl finden mag. Lange schon hab ich den lieben Gott gebeten, er soll mir den Tod bescheren im Krieg für eine heilige, christliche Sache. Und so hat er es jetzt gefügt. Ein ruhmvolleres Ende gibt es für einen alten Kosaken an keinem andern Platz."

Als sich endlich alle, nach Regimentern abgeteilt, in zwei langen Reihen gegenüber standen, schritt der Hetman in der Mitte die Front ab und sagte:

„Wie ist es nun, ihr Herren und Brüder, hat eine Partei der andern einen Vorwurf zu machen?“

„Nein!“ schrieen die Kosaken.

„Also, dann küßt euch und sagt einander Lebewohl – der Himmel allein weiß, ob ihr euch auf dieser Erde wiederseht. Gehorcht eurem Hetman! Was ihr zu tun habt, wißt ihr selbst. Ihr selbst wißt, was die Kosakenehre von euch verlangt.“

Und alle Kosaken, so viele ihrer da waren, tauschten Küsse. Zuerst traten die Obersten vor, sie strichen ihre grauen Schnauzbärte gegen die Ohren, küßten sich über Kreuz und drückten sich kräftig die Hände. Da hätte wohl der eine den andern gern gefragt: „Nun, Herr und Bruder, ob wir uns wiedersehn?“ Aber sie blieben stumm, und ernste Gedanken gingen durch ihre grauen Köpfe. Auch die Kosaken alle sagten sich Lebewohl, denn jeder wußte, daß beiden Teilen harte Arbeit bevorstand.

Es war aber nicht die Absicht, sich gleich zu trennen, sondern sie wollten dafür das Dunkel der Nacht abwarten, damit der Feind nichts von der Schwächung des Kosakenheers merke. So gingen sie jetzt auseinander und setzten sich, Regiment für Regiment, zum Mittagsmahl.

Nach dem Essen streckten sich alle, die abmarschieren sollten, zur Ruhe aus und fielen in einen tiefen, langen Schlaf, wie wenn sie ahnten, daß dies der letzte Schlaf sei, den sie in solcher Freiheit genießen sollten. So schliefen sie bis Sonnenuntergang; und da die Sonne verschwand und leichte Dämmerung einfiel, begannen sie die Wagen zu schmieren. Als dann alles bereit war, schickten sie die Wagen voraus, schwenkten noch einmal die Mützen gegen die Kameraden und zogen stumm, jedes Geräusch vermeidend, hinter dem Troß drein – zuerst das Fußvolk, zum Schluß die Reiterei; kein Ruf wurde laut, kein Pfiff trieb einen Gaul an; und bald war alles vom Dunkel verschluckt. Gedämpft nur hallte das Hufgetrappel aus der Nacht herüber und hie und da das Kreischen eines Rades, das sich noch nicht eingelaufen hatte oder bei dem Zwielicht nicht gut geschmiert worden war.

Noch lange winkten die Kameraden ihnen nach, wenngleich nichts mehr von ihnen sich blicken ließ. Und als sie dann wieder zu ihren Lagerplätzen gingen, sahen sie im heller gewordnen Sternenlicht, daß die Hälfte der Wagen und viele, viele ihrer Genossen fehlten. Da wurde es den Kosaken wunderlich ums Herz, wider Willen verfielen sie in Grübeln und ließen die sonst so muntern Köpfe hangen.

Taraß sah wohl, wie traurig seine Leute um die Feuer saßen, wie weichliche Wehmut, deren ein tapfrer Mann sich schämen sollte, die Kosakenherzen beschlich; aber er sagte nichts: er wollte ihnen Zeit lassen, den Trübsinn auszukosten, mit dem sie der Abschied von den Kameraden erfüllte. Und derweil rüstete er sich in aller Stille, sie mit einem Schlag durch gut kosakischen Zuspruch emporzureißen, auf daß mit verdoppeltem Feuer der Mut in ihnen entbrenne, der kühne Mut, wie ihn nur die slawische Seele kennt. Weiträumig und gewaltig macht er die slawische Seele vor den Seelen der andern Völker, wie es das Meer ist vor allen den flachen Flüssen: stürmt es, so brüllt und donnert das Meer, Wellenberge entspringen aus seinem Schoß, hundertfach höher, als die schwachen Flüsse sie kennen; schweigen die Winde, so breitet es unabsehbar, klarer als jemals ein Fluß, seinen gläsernen Spiegel, eine ewige Weide den Menschenaugen.

Taraß schickte seine Diener zu einem Wagen, der seitab von den andern stand. Es war der größte und stärkste Packwagen im ganzen Troß; schwere doppelte Eisenreifen umspannten die plumpen Räder; die Ladung war mit Pferdedecken und derben Rinderhäuten verhüllt, über die sich stramm die geteerten Seile spannten. Der Wagen trug nichts als Gebinde und Fäßchen voll köstlichen alten Weins, der lange in Bulbas Kellern gelagert hatte. Er führte ihn für irgendeinen besonders feierlichen Augenblick mit sich. Käme einmal eine große Stunde, da das Heer vor einer Aufgabe stände, die würdig wäre, den kommenden Geschlechtern überliefert zu werden, dann sollte jeder Kosak bis zum letzten Mann einen Schluck von dem sonst im Feld verbotnen Weine trinken, auf daß in der großen Stunde ein großes Gefühl die männischen Herzen regiere.

Die Diener eilten, zu tun, was ihnen der Oberst befahl: sie gingen hin, durchschnitten die Seile mit den Säbeln, taten die derben Ochsenhäute und die Decken herunter und hoben die Gebinde und Fäßchen vom Wagen.

„Und jetzt“, sagte Bulba, „halte jeder, soviele ihr da seid, her, was er hat: einen Becher, oder den Eimer, mit dem er seinen Gaul tränkt, oder einen Fausthandschuh, oder die Mütze, oder meinetwegen auch die zwei hohlen Hände.“

Alle Kosaken, soviele ihrer da waren, hielten her, was jeder hatte, der eine einen Becher, der andre den Eimer, mit dem er seinen Gaul tränkte, dieser einen Fausthandschuh, jener die Mütze, manch einer auch die zwei hohlen Hände. Und die Diener des alten Taraß schänkten allen vom Wein aus den Gebinden und Fässern. Taraß aber verbot ihnen zu trinken, bevor er ihnen das Zeichen gäbe; denn sie sollten alle zugleich trinken. Sie sahen, daß er ihnen vorher noch etwas sagen wollte. So stark auch der gute alte Wein ganz von selbst ist, und so gut er ein Mannesherz mit Kraft zu erfüllen versteht – kommt noch ein gutes Wort dazu, so doppelt das die Kraft des Weins und der Herzen. Dies wußte Bulba.

Und also sprach er: „Ihr Herren und Brüder, zum Wein geladen hab ich euch nicht, meine Erwählung zum Hetman zu feiern, so sehr ich euch danke für diese große Ehre, und auch nicht zur Feier des Abschieds von unsern Kameraden – nein, jedes Ding zu seiner Zeit; dafür ist nicht die Stunde. Schwere Mühe liegt vor uns, große Kosakentaten werden von uns verlangt! Laßt uns darum, alle vereint, zuerst auf den heiligen rechten Glauben trinken; kommen soll endlich die Zeit, da der eine heilige Glaube sich über die ganze Erde ausbreitet und alles beherrscht und alle Ketzer zu wahren Christen macht! Zum zweiten trinken wir auf das Heimatlager; lang soll es stehen und blühen, allen Ketzern zum Verderben, frische Jungmannschaft soll mit jedem neuen Jahr von ihm ausziehn, einer immer tapfrer als der andre, einer immer schmucker als der andre. Zum dritten trinken wir auf unsern eignen Ruhm – mögen noch unsere Enkel und Enkelsöhne von uns singen und sagen, wie wir so treu die Kameradschaft in Ehren hielten und den Freund nicht verrieten. Wohlan denn: auf den Glauben, ihr Herren und Brüder, auf unsern Glauben!“

„Auf unsern Glauben!“ fielen die zunächst Stehenden mit tiefen Stimmen ein.

„Auf unsern Glauben!“ antworteten die ferner Stehenden, und alle, Alte und Junge, tranken auf den heiligen rechten Glauben.

„Auf unser Lager!“ rief Taraß und stieß die Hand hoch über seinen Kopf in die Luft.

„Auf unser Lager!“ hallte es dumpf aus den vordern Reihen wieder.

„Auf unser Lager!“ sagten leise die Alten, ihre grauen Schnauzbärte zuckten.

Und die Jungen fuhren empor wie erwachende junge Falken und riefen: „Auf unser Lager!“

Weithin dröhnte das Feld von dem Schrei der Kosaken.

„Und nun den letzten Schluck, Kameraden: auf unsern Ruhm, und auf jeden Christenmenschen, der in der Welt lebt!“

Alle Kosaken, vom ersten bis zum letzten Mann, tranken die Neige auf ihren Ruhm und auf jeden Christenmenschen, der in der Welt lebt. Und oft noch scholl es aus den Reihen zurück: „Auf jeden Christenmenschen, der in der Welt lebt.“

Geleert waren die Becher, doch wie erstarrt standen die Kosaken, die Hand noch gen Himmel geschwungen. Fröhlich glänzten die Augen vom Wein, aber jeder war tief in Gedanken. Nicht an Plünderung dachten sie jetzt und Beute, nicht daran, wieviel ihnen zu gewinnen glücken möchte an goldnen Dukaten, kostbaren Waffen, gestickten Röcken und tscherkessischen Gäulen. Sie spähten gedankenschwer in die Weite, wie Adler, die auf den Gipfeln der Berge thronen, auf schwindelndem Felsgrat, von dem der Blick das unendliche Meer umfaßt. Über seinen Spiegel gleiten, gleich kleinen Vögeln, Galeeren, Korvetten und allerhand Schiffe, fern blauen die dünnen Striche der Küsten, an denen, winzigen Fliegen ähnlich, die Städte liegen und die Wälder zu niedrigem Rasen zusammenschrumpfen. Wie Adler sahen die Kosaken über das Blachfeld, schauten sie in dämmernder Ferne ihr eignes Schicksal. Kommen, fern daherkommen sahen sie die Stunde, da dieses Blachfeld mit allen den Schluchten und Straßen starren würde von ihrem weißen Gebein, getränkt sein würde von ihrem Blut, bedeckt von den Trümmern ihrer Wagen, vom schartigen Eisen zerhauener Säbel und Lanzen. Ringsum, so weit ihre Blicke trugen, würden Kosakenköpfe verstreut sein mit wirrem, blutverklebtem Schopf und hangendem Schnauzbart; und niederstürzen würden die Schwärme der Geier, ihnen die Augen aus ihren Höhlen zu hacken.

Aber ein Schönes und Großes hat solch ein weites und freies Totenbett: keine herrliche Tat kann sterben! Mag der Pulverrauch aus der Büchse verwehen – niemals verweht der Kosakenruhm.

Wahrlich, es kommt die Zeit, da einst ein Pandoraspieler, ein rüstiger Graukopf mit wallendem Bart, prophetischen Geistes voll singen und sagen wird vom Ruhme der Helden. Über die Welt hin hallt dann ihr Name; und alles, was lebt, wird ihn nennen. Denn hellen Klang hat das mächtige Wort, gleich dröhnendem Glockenerz, darein der Meister viel köstlichen Silbers verschmolz, daß stark und lieblich der Ton in die Ferne dringe, über Stadt und Dorf, über Schloß und Hütte, und alle Welt vereine zu frommem Gebet.

Neuntes Kapitel

Drinnen in der Stadt bemerkte niemand, daß nur noch die Hälfte des Kosakenheeres vor den Toren lag. Freilich sahen die Posten auf dem Rathausturm, daß ein Teil der Wagen abgezogen war. Aber die Polen schlossen daraus nur, die Wagen seien im Wald versteckt, und der Feind wolle sie auf die Art täuschen und ihnen einen Hinterhalt legen; diese Meinung teilte auch ihr französischer Stückmeister.

Alsbald erwies es sich, daß der Hetman richtig prophezeit hatte: die Belagerten begannen von neuem an Nahrungsmangel zu leiden. In jenen alten Zeiten war man in solchen Dingen recht sorglos. Die Polen suchten sich durch einen Ausfall zu helfen – umsonst: die Hälfte des Freiwilligentrupps, der dieses Wagstück unternahm, wurde von den Kosaken niedergemetzelt, die andre Hälfte mit leeren Händen in die Stadt zurückgeworfen. Jedoch die städtischen Juden benutzten die Gelegenheit, vor den Toren alles zu erschnüffeln, was ihnen zu wissen wichtig schien. Sie brachten heraus, warum und wohin ein Teil des Kosakenheers abgezogen war, wie groß dieser Teil war, aus welchen Regimentern er bestand, und welche Obersten ihn führten. Ebenso gut unterrichtet zeigten sie sich darüber, wieviel Regimenter noch vor der Stadt geblieben waren, und was die Belagerer für Pläne hatten. Kurzum: jetzt wußten die Polacken über das alles genau Bescheid. Ihre Obersten schöpften neuen Mut und beschlossen, dem Gegner eine Schlacht zu liefern.

Taraß merkte das an der Bewegung und dem Lärm in der Stadt. Er traf eilend seine Maßregeln und gab die Ordre aus. Das Heer wurde in drei Haufen geteilt, deren jeder sich in einer Wagenburg wie hinter Festungsmauern verschanzte – eine Schlachtordnung, in der die Kosaken kaum zu besiegen waren. Zwei Regimenter legte der Hetman in den Hinterhalt. Einen Teil des Blachfeldes ließ er mit Fußangeln und Lanzenspitzen spicken. Dorthin wollte er im rechten Augenblick die feindlichen Reiter locken.

Und als alles so vorbereitet war, hielt er im Ring des Heers eine Rede – nicht, weil er seine Kosaken aufmuntern und ihre Kampflust anfeuern wollte –, er wußte, daß sie auch ohne das siegesgewissen Mutes waren –, sondern nur, weil es ihn drängte, sein Herz vor ihnen auszuschütten.

„Sagen will ich euch, Herren und Brüder, ein Wörtlein davon, was es mit unserer Kameradschaft für eine Bewandtnis hat. Ihr habt von unsern Vätern und Vorvätern vernommen, in welchen Ehren einstmals unsere Heimat bei allen

Völkern stand; die Griechen haben gespürt, wer wir waren, Stambul hat uns in blanken Dukaten Tribut gezahlt, reiche, blühende Städte hatten wir mit prächtigen Domen; und Fürsten hatten wir, Fürsten aus unserm Blut und Stamm – keine katholischen Ketzer. Das alles haben uns die Moslim genommen, das alles ist fort; nur wir sind übriggeblieben, verwaist, verlassen, wie es die Witwe nach dem Tod ihres starken Mannes ist. Und wie wir verwaist sind, so ist auch unsere liebe Heimat verwaist. Die harte Zeit hat es gemacht, ihr Herren, daß wir uns die Hände reichten zu festem Verband. Auf diesem Grund ruht unsere Kameradschaft! Und Kameradschaft ist das heiligste Band im Leben! Ich weiß: der Vater liebt sein Kind, die Mutter liebt ihr Kind, das Kind liebt Vater und Mutter; aber das kommt unserer Liebe nicht gleich, meine Brüder – seine Kinder liebt auch das Tier. Sich mit einem Blutsfremden zum Bruderbund zusammenfinden kann nur der Mensch. Wohl auch in andern Ländern gibts Kameradschaft; aber Kameraden, wie sie die russische Erde gebiert, gibt es sonst nirgends. So mancher von euch ist mehr als einmal in die Fremde verschlagen worden und hat wohl gesehen: auch dort wohnen Menschen, Kinder Gottes wie wir. Sie reden wie deinesgleichen; aber sollen sie dir einmal ein Wort so recht von Herzen sagen, dann siehst du gleich: ja, es sind kluge Leute, aber die Unsern sind es nicht – Menschen wie wir, und doch die Unsern nicht. Nein, Brüder: so lieben, wie es das russische Herz versteht – lieben nicht mit dem Hirn oder Gott weiß, womit sonst, lieben mit allem, was in uns ist, Kameraden . . .!“ rief Taraß; er schlug mit der Faust durch die Luft und schüttelte seinen Graukopf, der Schnauzbart zuckte. Dann fuhr er fort: „Nein, so zu lieben versteht sonst niemand auf Erden! Ich weiß wohl: es sind bei uns jetzt vielfach üble Sitten im Schwang: viele fragen nur nach ihren Getreideschobern, ihren Heudiemen, ihren Roßherden und ihren Weinkellern; viele nehmen weiß der Kuckuck was für ketzerische Sitten an und schämen sich der Muttersprache; der Landsmann will nicht mit dem Landsmann reden; der Landsmann verkauft seinen Landsmann, wie einer ein seelenloses Tier auf dem Viehmarkt verkauft. Die Gnade eines fremden Königs – und war es bloß immer der König –, die Gnade jedes schäbigen polackischen Junkers, der ihnen seinen gelben Schuh in die Fresse haut, bedeutet solchen Kujonen mehr als die Bruderschaft. Aber auch in dem niedrigsten Lumpenkerl, mag er sein, wer er will, mag er sich mit Behagen in Dreck und sklavischer Erniedrigung wälzen – auch in dem, Brüder, lebt ein Funke des russischen Gefühls. Und einmal erwacht es, und dann schlägt sich der Ärmste reuig vor die Brust und greift sich an den Kopf und verflucht sein elendes Dasein und würde willig jede Marter auf sich nehmen, wenn er damit die Schande von sich waschen könnte. Mag unser Beispiel allen denen zeigen, was Kameradschaft heißt auf der russischen Erde! Und geht es denn zum Sterben – keiner von ihnen wird sterben wie wir! Keiner von ihnen allen . . .! Dazu fehlt ihnen viel, den Hasenherzen!"

Der Hetman hatte gesprochen, und da er verstummt war, schüttelte er noch lange sein in der Arbeit um edeln Kosakenruhm licht silbergrau gewordnes Haupt. Und die Gemeinde der Kosaken wurde mächtig gepackt durch die Rede, von ihr getroffen bis auf den Grund des Herzens. Die Alten standen reglos wie aus Stein und ließen die greisen Köpfe hangen, das Wasser schoß ihnen heiß in die Augen; langsam wischten sie sich mit den Ärmeln die Tränen von den Lidern. Und dann schlugen sie, als hätte ihnen einer das Zeichen dazu gegeben, alle zugleich mit der Faust durch die Luft und schüttelten die Köpfe. Man sah wohl: Taraß Bulba hatte an das Beste in ihren Herzen gerührt, an den hohen Gedanken, der in den Alten als Frucht vieler Jahre voll Not und Plage, Kampf und Ungemach gereift war, den aber auch die unerfahrne Jugend zur Freude ihrer Väter ahnend in reiner Seele trug.

Jedoch die Stunde war gekommen: schon rückte das Heer der Feinde aus der Stadt, die Pauken donnerten, es jauchzten die Trompeten. Die Faust in die Hüfte gestemmt, sprengten die Junker zum Tor heraus, gefolgt von unzählbarer Mannschaft. Der dicke Oberst führte das Kommando. So rückten sie in hellen Haufen gegen die Wagenburgen der Kosaken an. Bedrohlich zielten sie mit den Hakenbüchsen, Blitze schossen sie aus den Augen, hell funkelten ihre Panzer. Als sie in Schußweite gekommen waren, empfingen die Kosaken sie mit einer Salve aus ihren langen Büchsen und feuerten ohne die kleinste Pause fort. Weithin scholl das gewaltige Knattern über Feld und Flur und floß zu einem einzigen Donner zusammen: dichter Rauch deckte das Schlachtfeld; die Kosaken unterbrachen ihr Feuer nicht für eines Atemzuges Dauer. Die hintern Glieder luden und reichten die schußfertigen Büchsen vor. Starre Verwunderung packte den Feind: er begriff nicht, wie die Kosaken schießen könnten, ohne zu laden.

Im Rauch, der Freund und Feind verhüllte, sah man nichts davon, wie bald hier, bald dort einer in den Reihen fiel; doch die Polacken spürten wohl, daß die Kugeln hageldicht geflogen kamen, und daß die Sache brenzlich wurde. Als sie dann ein Stück zurückwichen, aus dem Rauch zu kommen und Musterung zu halten, da fehlten in ihren Reihen viele tapfre Krieger, indessen auf Seiten der Kosaken höchstens zwei oder drei vom Hundert gefallen waren. Doch ruhig, ohne die kleinste Unterbrechung, feuerten die Kosaken weiter!

Selbst der fremdländische Stückmeister der Polen konnte nicht genug staunen ob dieser niemals erhörten Kampfart und sagte frei heraus, vor allem Volk: „Wackre Burschen sind die Kosaken! Wie die zu fechten wissen – daran dürfte sich jedes Heer ein Beispiel nehmen!" Und er riet den Seinen, die Kanonen gegen die Wagenburgen zu richten.

Dumpf brüllten die ehernen Stücke aus weiten Mäulern; die Erde dröhnte und bebte, noch dichter umwölkte der Rauch das Schlachtfeld. Nach Pulver roch es da auf den Märkten und Straßen der nahen und fernen Städte. Aber die Richtkanoniere zielten zu hoch: einen zu steilen Bogen beschrieben die glühenden Kugeln; mit höllischem Heulen flogen sie über die Wagenburgen weg, wühlten sich weit hinter ihnen in den Boden und schleuderten Wolken von schwarzer Erde gen Himmel. Der französische Stückmeister raufte sich die Haare ob solchen Ungeschicks. Er selbst begann die Geschütze zu richten und fragte dabei wenig nach dem heißen Hagel aus den Kosakenbüchsen.

Taraß erkannte von weitem, welche Gefahr die Regimenter Nesamoiko und Stebliki bedrohte, und schrie, daß es schallte: „Schnell heraus aus der Wagenburg und auf die Pferde, ihr Brüder!"

Doch den Kosaken hätte dafür die Zeit wohl nicht mehr gereicht, wäre nicht der Oberst Ostap ganz allein gegen die Mitte der feindlichen Front gesprengt: sechs Kanonieren schlug er die Luntenstöcke aus der Hand, bei den vier andern glückte ihm das nicht mehr, die Übermacht warf ihn zurück. Und nun griff der fremdländische Stückmeister selber zur Lunte, die größte der Kanonen abzufeuern, ein Ungeheuer, wie es noch keiner von den Kosaken gesehen hatte. Gräßlich dräute der weite Schlund; tausend Tode lauerten tückisch daraus hervor. Und als das gewaltige Stück nun Feuer spie und drei andre Geschütze krachend einstimmten, als unter vierfachem Donner die Erde wankte – oh, wieviel Jammer wurde da geboren!

Manch eine Kosakenmutter wird sich mit knochigen Fäusten die welken Brüste schlagen, wird heulen um den gefallnen Sohn, manch eine Witwe wird trauern in Gluchow, Nemirow, Tschernigow und vielen andern Städten, manch junges Ding wird Tag für Tag auf den Marktplatz laufen, wird jeden Wandrer festhalten und ihm in die Augen sehen, ob sie unter ihnen allen den einen nicht findet, der ihr der liebste ist auf der Welt. Schwärme von Kriegsvolk werden durch die Stadt ziehen; aber so viele ihrer kommen – nie kommt der eine, der ihr der liebste ist auf der Welt.

Die Hälfte des Regiments Nesamoiko deckte den Boden. So tost ein Hagelsturm vernichtend über die Flur, auf der vorher jede Ähre gleich einem vollwichtigen Dukaten prangte ...

Wie sie da aber vorbrachen, die grimmen Kosaken! Wie sie sich auf die Feinde stürzten! Wie Kukubenko, der Oberst, vor Wut schäumte, als er sah, daß die Hälfte seines Regiments tot war! Mit dem Rest der Leute sprengte er geradeaus gegen die Mitte der feindlichen Front. In seinem Zorn hieb er den ersten, der ihm entgegentrat, einfach in Stücke, viele Reisige warf er nieder und bohrte die Lanze durch Reiter und Roß. So drang er bis zu den Geschützen vor und hatte schon eine Kanone erobert; da sah er, daß hier Oberst Ostap mit den Umanern tüchtig am Werk war, und daß Stepan Gußka das größte der Stücke genommen hatte. Er ließ also diese Arbeit den Kameraden und stürzte sich mit seinen Leuten gegen einen andern feindlichen Haufen. Wo die Nesamoiker hinkamen, bahnten sie sich eine breite Straße; und machten sie eine Wendung, so klaffte dort eine Seitengasse. Die Reihen der Feinde lichteten sich, in Garben stürzten die Polacken nieder. Dicht bei der ersten Wagenburg war Wowtusenko an der Arbeit, weiter vorn Tscherewitschenko, bei der zweiten Wagenburg Degtarenko, bei der dritten der Oberst Wertychwist. Zwei Junker hatte Degtarenko schon mit der Lanze gefällt, da geriet er an einen, den er nicht bezwang. Dies war ein gelenkiger, baumstarker, prunkvoll gerüsteter Polack, den fünfzig eigne Knechte in die Schlacht begleiteten.

Er setzte Degtarenko übel zu, er warf ihn nieder, schwang den Säbel, um ihm den Garaus zu machen, und schrie: „Unter euch Kosakenhunden ist keiner, der sich mit mir zu messen wagt!"

„Hier kommt schon einer!" rief Moßi Schilo und sprengte auf ihn zu.

Moßi war ein stämmiger Kosak, der so manchen Zug über das Meer angeführt und vielerlei Not und Gefahren hinter sich hatte. Einmal war er bei Trapezunt mit seinen Leuten von den Türken gefangen worden. Die setzten ihn und die Kameraden als Sklaven auf ihre Ruderbänke, fesselten sie mit eisernen Ketten an Armen und Beinen, ließen sie wochenlang ohne Nahrung und gaben ihnen ekles Meerwasser zum Trunk. Alle diese Leiden nahmen die armen Gefangnen lieber auf sich, als daß sie ihrem rechten Glauben abgeschworen hätten. Ihr Führer Moßi Schilo aber wurde schwach: er trat das heilige Gesetz mit Füßen, wand sich schmählich den Turban um sein sündhaftes Haupt, errang so das Vertrauen des Paschas und wurde zum Schließer auf dem Schiffe, zum Aufseher über alle

Sklaven gemacht. Mit schwerer Sorge erfüllte das die armen Gefangnen. Wenn Schilo, einer von ihren Leuten, dem Glauben abschwor und auf die Seite der Bedrücker trat, so mußte seine Hand grausamer knechten als die Fäuste der andern Heiden – das konnten sie sich wohl im voraus denken; und ihre Ahnung ging in Erfüllung. Moßi Schilo ließ sie mit neuen Ketten selbdritt zusammenschmieden; er zog ihnen die harten Fesselstricke an, daß sie bis auf die weißen Knochen schnitten, er wartete ihnen freigiebig mit Nackenschlägen auf. Die Türken freuten sich des treuen Knechtes, den sie in ihm gefunden hätten. Doch als sie einmal ein fröhliches Gelage feierten und sich, wiewohl ihnen ihr Gesetz den Wein verbietet, alle sinnlos betranken, da holte Moßi die vierundsechzig Schlüssel herbei und teilte sie unter die Gefangnen aus. Die öffneten ihre Fesseln, warfen sie nebst den Ketten ins Meer, griffen statt dessen zu den Säbeln und metzelten die Türken nieder. Viel Beute gewannen damals die Kosaken und kehrten ruhmbedeckt ins Heimatland zurück. Noch lange priesen die Pandoraspieler den tapfern Moßi Schilo. – Die Kameraden hätten ihn vielleicht zum Hetman gewählt, wäre er nicht ein gar so wunderlicher Kosak gewesen. Oft vollbrachte er Taten, wie sie der Weiseste nicht herrlicher ersinnen könnte, ein andermal wieder mußte man denken, er sei völlig närrisch geworden. Er vertrank und verjubelte sein Hab und Gut, machte Schulden bei jedem im Lager und ließ es sich, als sei es damit nicht genug, beikommen, zu stehlen wie ein gemeiner Dieb. Er entwendete bei Nacht eine vollständige Kosakenausrüstung aus einer fremden Gemeinde und versetzte sie in der Schenke. Für diese schmähliche Tat wurde er auf dem Marktplatz an den Schandpfahl gebunden. Neben ihm lag ein Knüppel, mit dem sollte ihm jeder, der vorüberkam, aus aller Kraft einen Hieb versetzen. Aber es fand sich im Lager nicht ein Mann, der den Knüppel gegen ihn aufheben wollte – in so gutem Gedächtnis standen seine Taten von einst. Solch ein Kosak war Moßi Schilo.

„Hier gibt es schon Leute, die solche Hunde wie euch leicht verdreschen!" rief er und stürzte sich auf den Feind. Hei, was da für ein Fechten anhob! Verbeult waren bald die Schulterstücke und Armschienen beider Kämpfer unter den mächtigen Schlägen. Der Polack hieb Schilo durch den eisernen Panzer; in des Kosaken Leib drang scharf die Schneide, rot färbte sich das Kettenhemd von seinem Blut. Aber das kümmerte Moßi wenig; er holte mit dem schweren, starken Arm aus und zog dem andern blitzschnell eins über den Schädel. In Stücke flog der bronzene Helm, der Polack taumelte und dröhnte schwer zu Boden; Schilo aber machte sich daran, dem Betäubten den Gnadenstoß zu geben und ihn mit dem eignen Blute zu taufen. O hättest du dem Feinde lieber nicht den Garaus gemacht, tapfrer Kosak, o hättest du dich lieber erst umgesehen! Aber der Kosak sah sich nicht um, und so rannte ihm einer von den Knechten des Erschlagnen das Messer ins Genick. Herum fuhr Schilo und hätte den Waghals wohl erwischt, wenn der nicht schnell im Pulverrauch verschwunden wäre. Von allen Seiten donnerten jetzt die Hakenbüchsen.

Schilo taumelte und spürte, daß die Verletzung tödlich war. Er schlug zu Boden, preßte die Hand auf seine Wunde und rief: „Kameraden! Lebt wohl, ihr Herren und Brüder! In alle Ewigkeit blühen soll das russische Land, ewig soll es in Ehren stehn!“ Es dunkelte ihm vor den Augen, er drückte sie fest zu; gen Himmel schwang sich die Kosakenseele aus dem stämmigen Leib.

Und da kam schon Sadoroschni mit den Seinen herangesprengt, der Oberst Wertychwist stürzte sich in die feindlichen Schlachtreihen, und Balaban drang vor.

„Wie stehts, ihr Herren?“ rief Taraß den Obersten zu. „Habt ihr noch Pulver in den Pulverhörnern? Ist die Kosakenkraft noch nicht erlahmt? Und halten die Kosaken durch?“

„Ja, Alter! Noch haben wir Pulver in den Pulverhörnern, noch nicht erlahmt ist die Kosakenkraft, noch halten die Kosaken durch!“

Gewaltig drangen die Tapfern an und brachten die feindlichen Reihen in Verwirrung. Der kleine Polackenoberst ließ zum Sammeln schlagen und ließ acht prächtig bunt bemalte Feldzeichen aufpflanzen, die Seinen zu ordnen, die weit über das Schlachtfeld zerstreut waren. Die Polacken strömten den Standarten zu, aber sie waren noch nicht völlig ausgerichtet, als schon der Oberst Kukubenko von neuem gegen die Mitte ihrer Front vorstieß. Er geriet grade an den dickwanstigen Obersten. Der bekam es mit der Angst, wendete den Gaul und riß in vollem Galopp aus. Kukubenko hetzte ihn weit über das Blachfeld und ließ ihn nicht wieder zu seinem Regiment. Die Schlinge in der Hand, den Kopf auf den Hals des Pferdes gebeugt, so sprengte Stepan Gußka heran, er paßte den rechten Augenblick ab und warf dem feindlichen Obersten mit einem Ruck die Schlinge um den Hals. Blaurot im Gesicht wurde der Oberst, er griff mit beiden Händen nach dem Strick und wollte ihn zerreißen, doch schon fuhr ihm in mächtigem Schwung die Lanze mitten in den Bauch. So blieb er liegen, grausam an die kühle Erde genagelt. Aber auch Gußka traf das Unheil. Ehe sichs einer von den Kosaken versah, schwebte Stepan Gußka, auf vier Lanzen gespießt, hoch in der Luft. Der arme Teufel konnte nur noch rufen: „Verderben unsern Feinden, Heil dem russischen Land in alle Ewigkeit!“ Dann gab er den Geist auf.

Die Kosaken sahen sich um. Am rechten Flügel geigte der Kosak Metelitza den Polacken zum Tanz und machte manchem den Garaus, am linken drang der Oberst Newylytschki stürmisch vor; bei der ersten Wagenburg drosch Sakrutyguba sieghaft auf den Feind ein, bei der zweiten hatte der eine Pißarenko die Angreifer zurückgeworfen, bei der dritten war man schon auf den Wagen selber handgemein.

„Wie stehts, ihr Herren?“ rief der Hetman Taraß und ritt durch die Reihen. „Habt ihr noch Pulver in den Pulverhörnern? Ist die Kosakenkraft noch nicht erlahmt? Und halten die Kosaken durch?“

„Ja, Alter! Noch haben wir Pulver in den Pulverhörnern, noch ist die Kosakenkraft stark und gesund, noch halten die Kosaken durch!“

Von einem der Wagen stürzte Bowdjug zur Erde. Mitten ins Herz hatte ihn eine Kugel getroffen; aber der Alte raffte die letzte Kraft zusammen und sagte: „Gern scheid ich vom Lichte. Schenke Gott einem jeden solch einen Tod! Ruhm und Ehre bis an den Jüngsten Tag dem russischen Land!“

Zu den himmlischen Höhen schwang sich die Seele Bowdjugs, dort zu melden, wie man auf russischer Erde zu kämpfen versteht, wie man – was mehr heißt – zu sterben versteht auf russischer Erde.

Bald nach Bowdjug stürzte auch Balaban, der Oberst, dröhnend zu Boden. Drei tödliche Wunden trug er, von einer Lanze die erste, von einer Kugel die zweite, die dritte von einem schweren Pallasch. Er war der tapfersten Kosaken einer. In manchem Seekrieg hatte er den Befehl geführt, den größten Ruhm aber gewann ihm sein Zug an die anatolische Küste. Gar viele Zechinen erbeuteten sie da, kostbares türkisches Gut, herrliche Stoffe und allerlei Schmuck. Doch auf dem Heimweg hatten sie viel Bitternis zu kosten. Die armen Teufel kamen ins Feuer türkischer Schiffsgeschütze. Die feindlichen Kugeln machten die Hälfte ihrer Kähne leck und brachten sie zum Kentern; so mancher mußte da im Meer sein Leben lassen. Aber die Schilfbündel an den Bordwänden bewahrten die Kähne vor dem Sinken. Balaban hieß die Kosaken rudern, was sie konnten, und hielt gerade auf die Sonne zu. So machte er sich unsichtbar für das türkische Schiff. Die ganze Nacht dann schöpften sie mit Schaufeln und Mützen das Wasser aus und flickten die Lecke; aus ihren Pluderhosen schnitten sie sich Segel zu, hißten sie und entrannen so der schnellsten unter den türkischen Fregatten. Und nicht nur, daß sie wohlbehalten ins Lager kamen – sie brachten dem Abt des Meschigorer Klosters zu Kiew auch ein goldgesticktes Meßgewand mit und für das heilige Bild der Schützerin und Fürbitterin Maria im Lager eine Fassung aus gediegnem Silber. Noch lange priesen die Pandoraspieler diesen siegreichen Heerzug der Kosaken.

Jetzt aber senkte Balaban im bittern Todeskampf das Haupt und sagte leise: „Ihr Herren und Brüder, mich will bedünken, ich sterb einen guten Tod: sieben hab ich aus dem Sattel gehauen, neun Feinden die Lanze in den Leib gerannt. Gar viele hat mein Gaul unter die Füße getreten, die Zahl der Feinde aber, die meine Kugel traf, hab ich vergessen. In alle Ewigkeit soll blühen das russische Land! . . ."

Und seine Seele floh von hinnen.

Ihr tapfern Kosaken! Ihr opfert ja die beste Blüte eures Heers! Schon ist Kukubenko umzingelt. Nur noch sieben Mann sind übrig vom wackern Regiment Nesamoiko; und auch die wehren sich mit schwerer Mühe der Haut. Von Blut besudelt ist Kukubenkos Panzerhemd. Taraß Bulba sieht seine Not und eilt selbst herbei, ihn herauszuhauen. Doch die Kosaken kommen zu spät: bevor der Ring der Feinde gesprengt ist, dringt eine scharfe Lanzenspitze Kukubenko mitten ins Herz. Matt hängt er in den Armen der Kameraden, die ihn stützen, und wie ein Bächlein plätschert sein junges Blut. So rinnt der köstliche Wein zur Erde, den unvorsichtige Diener in gläsernem Gefäß aus dem Keller holten. Sie stolpern an der Schwelle und zerschlagen den teuern Krug. Der Herr des Hauses kommt gelaufen und rauft sich das graue Haar. Hat er den edeln Wein, der jetzt den Estrich netzt, doch für den schönsten Festtag seines Lebens aufgehoben . . .

Kukubenko ließ seine Augen im Kreis wandern und murmelte: „Ich danke Gott, daß er mich in eurer Mitte sterben läßt, Kameraden! Mögen, die nach uns kommen, noch bessere Leute sein als wir; mag ewig blühen das gottgeliebte russische Land!"

Die junge Seele fuhr ihm aus dem Leib. Die Engel faßten sie an den Händen und führten sie in den Himmel. Wohl aufgenommen wurde sie dort oben. Der Heiland sprach zu ihr: „Setz dich zu meiner Rechten nieder, Kukubenko! Du hast der Kameradschaft Treue gehalten, du hast keine ehrlose Tat getan, hast keinen Menschen im Unglück verlassen, hast meine heilige Kirche als treuer Kämpfer verteidigt und beschützt!"

Mit Trauer erfüllte alle Kukubenkos Tod. Locker waren die Reihen der Kosaken geworden, viele, sehr viele von den Tapfern fehlten schon in der Schar. Aber noch wankten die Kosaken nicht und trotzten jedem Ansturm.

„Wie steht es, ihr Herren?“ rief Taraß den Leuten zu, die ihm geblieben waren. „Habt ihr noch Pulver in den Pulverhörnern? Sind eure Säbel noch nicht stumpf? Ist die Kosakenkraft noch nicht erlahmt? Und halten die Kosaken durch?“

„Ja, Alter! An Pulver fehlt es nicht. Die Säbel sind noch scharf. Noch nicht erlahmt ist die Kosakenkraft. Noch halten die Kosaken durch!“

Von neuem legten sich die Wackern ins Zeug, als hätten sie nicht den kleinsten Verlust erlitten. Nur drei der Obersten waren noch am Leben, blutrote Bächlein strömten rings, hoch türmten sich zu Wällen die Leichen der Kosaken und der Polen. Taraß blickte zum Himmel auf und sah eine Kette von Geierfalken darüber hinziehen. Ja, denen war die Beute sicher! Und da wurde schon Metelitza von einer Lanze durchbohrt, dort drüben flog des einen Pißarenko abgehauener Kopf im Bogen durch die Luft und blinzelte noch mit den Augen, und auf der andern Seite brach Ochrim Gußka zusammen und zuckte, in vier Stücke gehauen, auf der Erde.

„Jetzt!“ sagte Taraß und winkte mit seinem Tüchlein.

Ostap verstand das Zeichen. Er brach aus seinem Hinterhalt hervor und stürzte sich wütend auf die feindlichen Reiter. Dem starken Anprall hielten die Polacken nicht stand; Ostap scheuchte sie vor sich her und trieb sie dorthin, wo das Feld mit Fußangeln und Lanzenspitzen gespickt war. Da strauchelten und stürzten die Gäule, und über ihre Hälse zu Boden schossen die Polacken. Zugleich erkannten die Korßuner, die weiter hinten in Reserve standen, daß sie den Feind nun auf Schußweite hatten, und begannen aus ihren Hakenbüchsen in ihn hineinzufeuern. Blasses Entsetzen packte die Polacken, die Russenkämpfer aber faßten frischen Mut.

„Sieg, Sieg! Nun haben wir gewonnen!“ schrieen von allen Seiten die Kosaken, die Trompeten schmetterten, das Siegesbanner wurde geschwenkt. Über das Feld hin wimmelte flüchtig der geschlagne Feind.

„Nein, nein, so sicher gewonnen ist der Sieg noch nicht!“ sagte Taraß mit einem forschenden Blick zum Stadttor. Und er sprach wahr.

Das Tor sprang auf; im Trab unter seiner Wölbung hervorgesprengt kam ein Husarenregiment, die Zierde aller Reiterregimenter. Die Krieger saßen einer wie der andre auf schwarzbraunen Hengsten von kaukasischem Schlag. Als Führer an der Spitze ritt ein stolzer Recke, der feurigste und schönste aus der ganzen Schar; lustig flogen ihm schwarze Locken unter dem bronzenen Helm, von seinem Arme flatterten die Enden einer kostbaren Schärpe, gestickt von den Händen der schönsten Maid. Gleich einem Schwindel packte es Taraß, als er in diesem Mann Andri erkannte. Der aber dachte mitten in Staub und Hitze der Schlacht nur an das eine: wie er sich das Pfand verdienen könnte, das seine Schöne ihm um den Arm geschlungen hatte. Er stürmte wie ein junger Windhund einher, der schönste, schnellste, jüngste der ganzen Meute. „Hetz, hetz!“ ruft ihm der tüchtige Jäger zu, und er fliegt über die Steppe, seine vier Beine schreiben einen einzigen geraden Strich in der Luft, sein Körper liegt ganz auf der Seite, Schnee wirbelt um ihn auf, wohl zehnmal schießt er in der Hitze des Laufes weit über den gejagten Hasen hinaus.

Der alte Taraß zügelte seinen Gaul und sah ingrimmig zu, wie Andri sich eine Gasse bahnte, wie er die Kosaken vor sich hertrieb und Hiebe austeilte nach rechts und links. Da packte den Hetman heißer Zorn; er schrie: „Was fällt dir ein! Die eignen Brüder . . .? Die eignen Brüder mordet der Lumpenhund?“

Andri fragte nichts darnach, ob vor ihm seine eignen Brüder oder feindliche Fremde wären; er sah und hörte nichts. Er sah nur Locken, Locken, herrliche lange Locken, eine schwanenweiße Brust, einen schneeigen Hals, schneeige Schultern, den ganzen schönen Leib, den er mit wilden Küssen zu bedecken gierig war.

„He, Burschen“, rief Taraß, „lockt den da in den Wald, lockt ihn mir in den Wald!“

Sogleich machten sich dreißig der flinksten Kosaken daran, Andri in den Wald zu locken. Sie drückten ihre hohen Mützen fester auf die Köpfe und sprengten von der Flanke her mitten durch das Geschwader der Husaren. Sie fielen den vordern Reihen in den Rücken, brachten sie in Verwirrung, schnitten sie von den andern ab und hieben manchen aus dem Sattel. Golokopytenko aber zog Andri eins mit der flachen Klinge über die Schulterblätter, und dann rissen die Kosaken auf einmal alle aus, was ihre Pferde laufen wollten. Wie es Andri da herumriß! Wie ihm das junge Blut in allen Adern kochte! Er stieß dem Gaul die scharfen Sporen in die Weichen und sprengte wütend hinter den Kosaken drein, ohne sich umzuschauen, ohne zu sehen, daß nicht mehr als zwanzig Mann von den Husaren ihm zu folgen vermochten. Die Kosaken aber hielten in voller Karriere gerade auf den Wald zu. Fast hatte Andri Golokopytenko schon eingeholt, da fiel ihm eine mächtige Faust jäh in die Zügel. Andri sah auf: Taraß stand vor ihm! Der Jüngling erzitterte am ganzen Leib und wurde totenbleich. So geht es dem Knaben in der Schule, der einen Kameraden dreist geneckt hat und als Rache von diesem eins mit dem Lineal auf den Kopf bekommt. Er lodert wild wie Feuer empor, springt wütend aus der Bank heraus und jagt hinter dem erschrocknen Kameraden her, als wollte er ihn gleich in Stücke reißen. Da aber rennt er gegen den Lehrer an, der in das Klassenzimmer tritt, und plötzlich bricht sein Wutanfall in sich zusammen.

So war auch Andris Zorn plötzlich verraucht. Er sah nur noch das furchtbare Gesicht des Vaters.

„Nun? Was tun wir jetzt mit dir?“ sagte Taraß und schaute ihm gerade in die Augen.

Andri fand keine Antwort und saß gesenkten Blicks im Sattel.

„Jetzt, Bursche, hilft dir keiner mehr von deinen Freunden, den Polacken!“

Andri blieb stumm.

„Verräter du! Verräter am Glauben! Verräter an den Kameraden! Marsch, herunter mit dir vom Gaul!“

Gehorsam wie ein kleiner Junge, saß Andri ab und stand, nicht lebend und nicht tot, vor seinem Vater.

„Stillgehalten und nicht gemuckst! Ich hab dich gemacht, ich mach dich jetzt auch kalt!“ sagte Taraß, trat einen Schritt zurück und riß die Büchse von der Schulter. Bleich wie ein Laken war der arme Andri; leise, leise regten sich seine Lippen und murmelten einen Namen. Doch war es nicht der Name des Vaterlandes und nicht der Name seiner Brüder – es war der Name der schönen Polenmaid.

Taraß drückte ab.

Wie eine Weizenähre vor dem Sichelhieb, wie ein Lamm, das den Stich des Schlächtermessers im Herzen fühlt, senkte Andri das Haupt und fiel ins Gras, ohne ein Wort zu sagen.

Der Sohnesmörder stand und wendete lange kein Auge von dem entseelten Leichnam. Andri war auch im Tode schön. Sein männisches Gesicht, vor einer Stunde leuchtend von Kraft und unbesieglicher Leidenschaft für das Weib, bewahrte in der letzten Versteinerung den frischen Reiz der Jugend. Der schwarze Trauersamt der Brauen ließ die erblichnen Züge noch schneeiger scheinen.

„Was fehlte dir denn zum Kosaken?" sagte Taraß. „Hoch warst du von Wuchs und hattest schwarze Brauen und ein adliges Gesicht; stark war die Faust zum Kampf! Warum mußtest du so verrecken, ruhmlos verrecken wie ein schlechter Hund?"

Ostap kam im Galopp geritten.

„Vater, was hast du getan? Bist du es, der ihn erschossen hat?" fragte er.

Taraß nickte.

Ostap schaute dem Toten lange in die Augen. Ihn dauerte der Bruder, und er sprach:

„Vater, geben wir ihm ein ehrliches Begräbnis, daß seinen Leichnam nicht die Feinde schänden, daß ihn die Raben nicht zerreißen!"

„Der wird auch ohne uns begraben!" sagte Taraß. „An Klageweibern wird es dem nicht fehlen!"

Ein Weilchen überlegte er dann, ob er Andri den räuberischen Wölfen zum Fraße liegen lassen oder ob er in ihm den Rittermut ehren solle, dem der Tapfre bei jedem Feinde Achtung zollt, und sei es, wer es sei – da sieht er Golokopytenko hergesprengt kommen.

„Schlecht steht es, Hetman! Die Polen haben Zuzug erhalten. Frische Kräfte sind angerückt!"

Golokopytenko hatte noch nicht zu Ende gesprochen, da kommt Wowtusenko gesprengt.

„Schlecht steht es, Hetman! Schon wieder rückt ein neuer Haufe an!"

Wowtusenko hatte noch nicht zu Ende gesprochen, da kommt der letzte der drei Pißarenko zu Fuße angerannt, weil er kein Pferd mehr hat.

„Wo steckst du, Alter? Die Kosaken rufen nach dir. Gefallen ist der Oberst Newylytschki, Sadoroschni ist tot, Tscherewitschenko ist tot. Aber noch halten die Kosaken stand, sie wollen dir ins Auge sehn, bevor sie sterben, sie wollen, daß dein Auge sie vor ihrer Todesstunde noch einmal sieht."

„Aufgesessen, Ostap!" sagte Taraß und eilte, die Kosaken noch lebend zu treffen, sie noch einmal zu sehn, ihnen vor der Todesstunde noch einmal das Auge des Hetmans zu zeigen. Aber sie kamen nicht mehr aus dem Wald. Schon waren sie umzingelt, ringsum zwischen den Bäumen erschienen feindliche Reiter mit Speer und Schwert.

„Ostap, Ostap, ergib dich nicht!" schrie Taraß, zog blank und bediente, was ihm in den Weg kam, mit kräftigen Hieben nach rechts und links, über Ostap aber fielen gleich sechs auf einmal her; doch hatten sie sich keine gute Stunde dazu gewählt: dem ersten flog der Kopf herunter, der zweite machte kehrt und zahlte Fersengeld, dem dritten fuhr die Lanze zwischen die Rippen, der vierte war der keckste, er wich mit dem Kopf der heißen Kugel aus, aber da fuhr sie seinem Gaul in die Brust – der Rappe bäumte sich wild auf, krachte zu Boden und erdrückte den Reiter unter sich.

„Brav so, mein Sohn! Recht so, Ostap!" schrie Taraß. „Nur zu. Ich folge dir."

Taraß schlägt sich selber wacker mit den Angreifern. Er haut gewaltig um sich und drischt so manchem den letzten Segen über den Schädel. Dabei schaut er aber immer nach Ostap und sieht, daß jetzt wieder gleich acht auf einmal über den her sind.

„Ostap, Ostap! Ergib dich nicht!" Doch schon ist der junge Oberst bezwungen. Einer hat ihm die Schlinge ums Genick geworfen. Sie binden ihn. Er ist gefangen.

„He, Ostap, Ostap!" schreit Taraß und bricht sich Bahn zu ihm und haut in Stücke, was ihm in den Weg kommt. „He, Ostap, Ostap!"

Doch in dem Augenblick trifft es Taraß selber – wie einen schweren Steinwurf fühlt er es. Alles dreht sich und kreist vor seinem Blick. Flüchtig sieht er ein wirres Durcheinander von Köpfen, Lanzen, Rauch, von Feuerblitzen, grünen Blättern vorübersausen. Und schwer dröhnt er zu Boden, gleich einer Eiche, die die Axt gefällt hat. Dichter Nebel sinkt ihm auf die Augen.

Zehntes Kapitel

„Ich hab wohl lange geschlafen?" fragte Taraß. Ihm war, als erwache er aus der Betäubung schwerer Trunkenheit. Er suchte die Dinge um sich zu erkennen.

Eine schreckliche Schwäche lähmte ihm die Glieder. Zweifelnd tastete sein Blick über die Wände der fremden Stube ... War aber der Mann, der da an seinem Bett saß und auf jeden seiner Atemzüge zu lauschen schien, nicht der Oberstleutnant Towkatsch?

– Geschlafen hast du freilich eine Weile, dachte Towkatsch bei sich, – hätte leicht sein können, daß du gar nicht mehr aufgewacht wärst!

Doch sagte er nichts; er drohte nur mit dem Finger und drückte den dann warnend an die Lippen.

„Ja, Herrgott, sag mir, wo bin ich!" rief Taraß und marterte sein Hirn, um die Erinnerung an das Geschehene wiederzufinden.

„Mund halten!" herrschte ihn der alte Kamerad an. „Was brauchst du's zu wissen! Daß du halb zuschanden gehauen bist, spürst du wohl selbst; oder ...? Zwei Wochen sind es, daß ich mit dir reite, ohne mich einmal auszuruhen, und daß du in deinem Fieber den dümmsten Unsinn sprichst. Heut hast du zum erstenmal ruhig geschlafen. Halt den Mund! Das Sprechen hat ja keinen Wert. Du machst dich damit bloß kaputt."

Taraß jedoch strengte sich weiter an, seine Gedanken zu ordnen. „Ja, haben mich die Polacken denn nicht gefangen? Ich war doch umzingelt und konnte mich nicht mehr durchhaun!"

„Halt den Mund, wenn ichs dir sag, verfluchter Satansbraten!" schrie Towkatsch erbost, im Ton einer Amme, die ungeduldig ihren widerspenstigen Säugling schilt. „Was schert es dich, wie du herausgekommen bist! Hauptsache, daß du draußen bist! Es sind wahrscheinlich Leute dagewesen, die dich nicht stecken ließen – das kann dir genug sein! Wir beide, lieber Freund, dürfen noch manche Nacht zusammen reiten. Bist du so dumm und glaubst du, die Brüder taxieren dich für einen einfachen Kosaken? Da täuschst du dich: zweitausend Dukaten haben die Polacken freundlichst auf deinen Kopf gesetzt."

„Und ... und Ostap?" schrie Bulba in plötzlichem Erinnern und strengte alle Kraft an, sich aufzurichten. Es stand ihm klar vor Augen, wie sie Ostap gefangen und gebunden hatten. So war sein Sohn nun in der Hand der Feinde ...

Wild schüttelte der Schmerz den Alten. Er riß die Verbände von seinen Wunden und warf sie weit ins Zimmer; er wollte sprechen, doch nur ein sinnlos wirres Stammeln kam ihm aus dem Mund. Die Glut des Fiebers hielt ihn von neuem gepackt, und er begann irre zu reden. Fluchend stand der treue

Towkatsch neben dem Bett und überhäufte den Kranken mit Vorwürfen und den saftigsten Schimpfworten, die ihm nur einfallen wollten. Dann hielt er ihm die Arme und Beine fest und wickelte ihn in Tücher wie ein kleines Kind, verband die Wunden frisch, rollte ein Ochsenfell um den gewaltigen Leib, verschnürte den ganzen Packen mit Bast und Stricken und lud ihn vor sich aufs Pferd, stieg in den Sattel und ritt schleunigst weiter.

„Und bring ich dich nicht lebend heim – nach Hause bring ich dich!" sprach er. „Das duld ich nicht, daß die Polacken deinen Kosakenleichnam in Stücke hauen und ihn dann ins Wasser schmeißen! Und will es der liebe Gott schon, daß dir ein Adler die Augen aushackt, dann solls ein Steppenadler sein, einer von unsern Adlern, und kein verfluchter Polackenvogel, der aus dem fremden Land kommt. Bring ich dich auch nicht lebend heim – ins Grenzland bring ich dich!"

So sprach der treue Kamerad. Und ohne Rast und Ruhe ritt er weiter, Tag um Tag und Nacht um Nacht, bis er am Ende mit dem bewußtlosen Taraß glücklich im Heimatlager ankam. Dort pflegte er seine Wunden sorgsam mit Kräuterbalsam und machte eine heilkundige Jüdin ausfindig, die dem Kranken solange kräftige Mixturen eingab, bis es ihm endlich besser ging. Lag es nun an der Arznei, oder siegte seine eiserne Kraft – um die Mitte des zweiten Monats stand Taraß wieder fest auf den Füßen. Die Wunden waren verharscht – nur noch die tiefen Säbelnarben gaben Kunde davon, wie die Polacken den alten Recken in der Arbeit gehabt hatten. Doch wich der schwere Trübsinn nicht von ihm. Drei scharfe Falten hatte der Gram in seine Stirn geprägt, und die verlor er nicht mehr bis ans Ende. Blickte er um sich, dann dünkte ihn im Lager alles so neu und fremd – die alten Genossen waren tot. Keiner lebte mehr von denen, die mit ihm für die gute Sache, für Glauben und Kameradschaft ins Feld gezogen waren. Auch der Teil des Heeres, den der Hetman auf die Verfolgung der Tataren mitgenommen hatte, war aufgerieben worden bis zum letzten Mann, gestorben und verfault. Die einen hatte der Feind im Schlachtgewühl gefällt, die andern waren vor Hunger und Durst in den weiten Salzsümpfen der Krim verschmachtet, die dritten an Scham und Gram dahingesiecht in der Gefangenschaft der Heiden. Auch den Hetman hatte der Tod ereilt, ihn und alle die andern getreuen Kameraden. Gras wucherte schon wieder auf den Hügeln, darunter so viel feurige Kosakenkraft zur ewigen Ruhe gebettet lag.

Taraß ging durch die Tage wie im Gedenken an ein verrauschtes überschäumend frohes Fest. Alles Geschirr ist zu Splittern zerschlagen, du findest keinen Tropfen Wein mehr, die Gäste und die Diener haben die kostbaren Becher und Schüsseln gestohlen; da stehst du, ein betrübter Hausherr, und denkst in deinem Sinn: – Hätte ich das Fest doch gar nicht erst gefeiert!

Die andern Kosaken taten alles, den Alten zu zerstreuen und aufzumuntern – umsonst! Gar mancher graubärtige Pandoraspieler, der in das Lager kam, pries in seinem Lied die ruhmvoll stolzen Taten des Obersten Taraß – umsonst! Finster und teilnahmlos blieb Bulbas Gesicht, unendlich tiefe Trauer brütete in seinem Blick, hangenden Hauptes murmelte er vor sich hin: „Mein Sohn! Ostap!"

Die Kosaken rüsteten einen neuen Beutezug über das Meer. Zweihundert Kähne stark, fuhren sie den Dnjepr hinunter, und Kleinasien lernte von neuem die Männer mit den langen Schöpfen auf den rasierten Schädeln kennen. Feuer und Schwert hausten mörderisch an den fruchtbaren Küsten. Die Turbane der Moslim sprenkelten die blutgetränkten Felder so dicht wie Wiesenblumen und schwammen hundertweise in den Bächen und Flüssen. Überall wimmelte es von teerbefleckten Kosakenpluderhosen, überall schwangen kräftige Fäuste die schwarzen Knuten. Jeder Weinberg wurde von den Kosaken leergefressen und verwüstet, in den Moscheen ließen sie Berge von Kot zurück, kostbare persische Schale zerrissen sie zu Fußlappen oder gürteten ihre schmierigen Röcke damit. Lange Jahre nachher noch fand man in den Winkeln der Moscheen kurze Kosakenpfeifen. Endlich machten sie sich frohen Muts auf die Heimfahrt; doch ein mit zehn Geschützen bestücktes Türkenschiff jagte ihnen nach und blies mit einer Breitseite ihre morschen Kähne wie einen Schwarm Wandervögel auseinander. Der dritte Teil der Mannschaft versank im tiefen Meer, der Rest sammelte sich wieder, kam wohlbehalten in die Dnjeprmündung und brachte zwölf Fässer bis an den Rand voll goldner Zechinen in das Lager heim.

Taraß war dies alles einerlei. Er streifte durch die Steppe, als wolle er auf die Jagd; doch Kraut und Lot blieben ruhig im Lauf. Endlich setzte er sich müde und kummervoll am Strande nieder und warf die Büchse in den Sand. Lange konnte er so hangenden Hauptes sitzen. Und immer wieder murmelten seine Lippen das eine: „Ostap! Ostap! Mein Sohn!"

Vor seinem Blick wogte funkelnd das Schwarze Meer, im Schilfrohr drüben klang ein Möwenschrei; des Alten Schnauzbart glänzte wie Silber in der Sonne, Träne um Träne rann ihm aus den Augen.

Und endlich riß es Taraß zu einem Entschluß empor.

„Soll kommen, was will!“ sprach er zu sich. „Ich muß erfahren, was ihm geschehen ist: ob er noch lebt, ob er im Grabe liegt, ob sie ihm gar im Tod kein Grab vergönnen. Das muß ich wissen – soll kommen, was will!“

Und keine Woche war seit diesem Entschluß vergangen, da sah man ihn schon in der Stadt Uman, in voller Waffenrüstung, hoch zu Roß, die Lanze in der Faust, den Pallasch umgegürtet. Am Sattel hing die hölzerne Feldflasche, der Kessel voll Buchweizengrütze, das Pulverhorn, der Koppelstrick, und was ein Mann sonst auf der Reise braucht. Er machte vor einem schmutzigen Häuschen halt, dessen kleine Fenster man kaum erkennen konnte vor lauter Dreck. Der Schornstein war mit einem Lappen verstopft, auf dem löcherigen Dach wimmelte es von Spatzen. Vor der Tür lag ein großer Unrathaufe. Zum Fenster heraus schaute der Kopf einer Jüdin in einer Haube, die mit schwarzgewordnen echten Perlen besetzt war.

Bulba stieg vom Gaul und schlang den Zügel durch den eisernen Ring neben der Tür. „Der Jude zu Hause?“ fragte er.

„Worüm soll er nix sein ßu Hause?“ sagte die Jüdin und trat eilends mit einer Metze Weizen für den Gaul und einem Becher Bier für den Ritter über die Schwelle.

„Wo steckt er denn, dein Jude?“

„Im hintern Zimmer, er betet!“ flüsterte die Schickse. Und als Bulba den Becher zum Mund hob, verneigte sie sich tief und wünschte ihm, daß ihm der Trunk recht wohl bekommen möge.

„Du bleibst hier draußen und läßt den Gaul fressen und saufen. Ich geh hinein. Ich hab mit ihm allein zu reden. Geschäfte . . .“

Dieser Jude war niemand andres als der uns wohlbekannte Jankel. Er hatte sich mittlerweile zum Pächter und Schankwirt emporgegaunert. Hübsch unvermerkt bekam er einen nach dem andern von den benachbarten Junkern und Gutsherrn in die Klauen, hübsch unvermerkt preßte er ihnen langsam aber sicher ihr Geld ab. Der jüdische Halunke wirkte verderblich auf die ganze Gegend. Drei Meilen weit im Umkreis blieb auch nicht eine Hütte in der alten Ordnung, alles geriet ins Wanken und wurde morsch, die Trunksucht griff um sich, Armut und Verlumpung folgten ihr auf dem Fuß – keine gewaltige Feuersbrunst, keine tödliche Seuche hätte mehr Elend über den Bezirk bringen können. Wäre Jankel noch zehn Jahre am Ort geblieben, er hätte die ganze Provinz zugrunde gerichtet.

Taraß trat in die Stube. Jankel hatte sich einen schmierigen Gebetmantel über die Schultern geworfen und betete. Er wendete sich grade, nach den Vorschriften seines Glaubens zum letzten Mal hinter sich zu spucken, da sah er unerwartet Bulba im Zimmer stehen. Das erste, was dem Juden einfiel, waren natürlich die zweitausend Dukaten, die dem winkten, der seinen Gast der polnischen Regierung in die Hände spielte. Doch schämte er sich dann dieser häßlichen Regung und suchte mit aller Macht die ewige Geldgier zu bezwingen, die an der Seele des Judenvolkes frißt wie am Apfel der Wurm. Er sprang auf, machte einen Bückling vor Bulba und verschloß ängstlich die Tür, damit kein unerwünschter Zeuge sie zusammen anträfe.

„Hör einmal zu, Jankel!" sagte Taraß. „Ich hab dir dein Leben gerettet; denn die Kosaken hätten dich in Stücke gerissen wie einen Hund. Jetzt ist die Reihe an dir: du mußt mir einen Dienst tun!"

Jankels Gesicht wurde zusehends länger.

„Was soll es sein fer ä Dienst? Wenn es ä Dienst is, was liegt in meiner Macht – nu–u, worum ni–ich?"

„Sag gar nichts! Bring mich nach Warschau!"

„Warschau! Wie haißt: Warschau?" fragte der Jude. Seine Brauen und Schultern hoben sich vor Verwunderung.

„Erzähl mir gar nichts! Führ mich nach Warschau! Soll mir geschehen, was will: ich muß ihn noch einmal sehn, noch einmal sprechen, und wenn es nur auf ein Wort ist!"

„Sprechen? Mit we–em?"

„Mit ihm: Ostap, meinem Sohn."

„Ja, is es dem Herrn nix bekennt, daß die . . ."

„Ich weiß schon, alles weiß ich: sie zahlen zweitausend Dukaten für meinen Kopf. Die Esel haben eine Ahnung, was dieser Kopf hier wert ist! Ich geb dir fünftausend. Da hast du für den Anfang gleich zweitausend; den Rest kriegst du, wenn ich zurück bin." Bulba schüttete zweitausend Dukaten aus seiner Lederkatze.

Der Jude griff hastig nach einem Tuch und deckte es über das Geld.

„Gott der Gerechte! Ä so ä feines Geld, ä so ä schönes Geld!“ rief er, nahm einen der Dukaten, rieb ihn zärtlich zwischen den Fingern und probte ihn mit den Zähnen. „Mer kann bloß leid tun der Mensch, dem was der Herr hat weggenommen de goldnen Dukaten. Sicher hat er nix mehr gelebt ä einzigste Stund, sicher is er gegangen ins Wasser und hat sich versäuft vor Schmerz um seine guten Dukaten.“

„Ich würde dich nicht darum bitten . . .“ sagte Taraß. „Den Weg nach Warschau fänd ich ohne dich. Ich fürchte bloß, daß mich die verdammten Polacken erkennen; dann wär ich geliefert, weil ich in Pfiffen und Kniffen kein so besondrer Held bin. Ihr Juden aber seid vom lieben Herrgott ja eigens dafür in die Welt gesetzt. Ihr redet dem Teufel selbst ein Ohr ab und versteht euch auf jeden Schwindel. Darum komm ich zu dir! Und auch in Warschau würd ich allein sicher gar nichts erreichen. Schnell also, spann ein und bring mich hin!“

„Gott soll mich strafen! Glaubt denn der Herr, das geht so mir nix, dir nix: ich zieh gemütlich den Gaul aus dem Stall und spann ein und brauch dann bloß noch sagen: ›Hüh?‹ Glaubt denn der Herr, ich kann ganz einfach fahren mit ihm, daß ä jeder es sieht? Das erste ist doch: ßu verstecken den Herrn.“

„Na, dann versteck mich! Tu, was du willst! Steck mich ganz einfach in ein Pulverfaß!“

„O waih geschrien! Was glaubt der Herr? Ich hör immer: ä Faß! Muß denn da nix ä jeder denken, es is Branntwein drinnen im Faß?“

„Dann denkt ers eben!“

„Wie haißt! Denken soll er, daß Branntwein drin is?“ rief der Jude, riß sich verzweifelt an seinen Peißes und schlug dann die Hände über dem Kopf zusammen.

„Na, reg dich nicht auf!“ brummte Taraß.

„Ja, weiß denn der Herr nix, daß der liebe Gott hat geschaffen den Branntwein, damit ihn ä jeder möcht gerne probieren? Und die vernaschten Polacken, die gehn drauf als wie de Fliegen auf Zucker. Ä ganze Stund weit läuft ä so ä hungriger Junker hinter dem Faß her und bohrt sich, wie ich ihn kenn, in den Boden hinein heimlich ä kleines Loch. Und dann merkt er doch gleich: es lauft nix raus: Was wird er sagen? ›Der Jüd‹, wird er sagen, ›hat ja kä Pulver drinnen im Faß; dahinter steckt eppes was andres‹. Und was werd dann sein? Der Jüd werd gepackt, der Jüd kriegt gebunden de Händ auf den Rücken, der Jüd kriegt genommen sein Geld, der Jüd werd geworfen ins Kittchen. Denn alles, was es gibt Böses auf der Welt – der Jüd is dran schuld; der Jüd werd angeschaut als ä Hund und nix als ä Mensch, bloß weil er geboren is als ä Jüd!"

„Na, dann versteck mich in einer Last Fische!"

„Es geht nix, Herr! Gott soll mich strafen, das geht erst recht nix! An Polen sind heutßutag de Leut verhungert als wie de Wölfe: se stehlen mir meine Fisch und grabbeln mit de langen Finger bis auf den Grund und erwischen den Herrn."

„Versteck mich meinetwegen in einem Fuder Teufel – nur bring mich nach Warschau!"

„Herr Ritter, jetzt horcht ämal gut ßu, was ich Euch will verzählen!" sprach der Jude, schob seine Ärmelaufschläge zurück und näherte sich Bulba mit beschwörend ausgebreiteten Armen. „Ich weiß schon, wie mer es können machen. Im ganzen Land werd doch jetzt nix wie gebaut, lauter feste Schlösser und neue Mauern um alle Städte. Massenweis haben se sich lassen kommen französische Baumeister aus Deutschland. De Straßen sind voll von Fuhren mit Ziegel und andre Stein. Soll sich der Herr hineinlegen unten im Wagen, und ich leg von oben auf ihn drauf Ziegelstein. – Der Herr ist blühend und stark – ä bissel schwer wird es sein, aber er hält es schon aus. Und unten im Wagen mach ich ä Loch, wodurch ich kann geben dem Herrn ßu essen eppes ä Kleinigkeit."

„Tu, was du willst! Nur bring mich nach Warschau!"

Knapp eine Stunde später rasselte ein Fuder Ziegel zum Städtchen Uman hinaus, gezogen von zwei elenden Kleppern, auf deren einem, hochragend wie ein Meilenpfahl an der Straße, der tüchtige Jankel thronte. Der stoßende Gang des Pferdes erschütterte grausam sein dürres Gestell. Im gleichen Takte tanzten die grauen Peißes unter dem schmierigen Judenkäppchen.

Elftes Kapitel

Zu jener Zeit gab es an den Landstraßen noch keine Zöllner und Grenzer. Ohne Sorge vor diesem Schrecken aller unternehmenden Handelsleute konnte deshalb jeder seine Ware durchs Land führen. Wenn doch einmal einer die Ladung untersuchte, so tat er es auf eigne Faust. Voraussetzung war dabei immer, daß er der Kraft und Schwere seiner Faust auch wirklich vertrauen durfte, und daß der Inhalt des Fuders das Wagnis lohnte.

Ziegelsteine aber lockten keinen Strauchritter an; und so rasselte Jankels Wagen denn endlich wohlbehalten unter der Torwölbung hindurch in die Warschauer Hauptstraße. Bulba merkte in seinem Versteck fürs erste nichts von der Stadt als Lärm und Kutschergeschrei. Der Jude lenkte das staubbedeckte Rößlein, auf dem er schwankend thronte, nach mancherlei Umwegen in ein enges, finstres Gäßchen, das den Namen Dreck- oder Judengasse führte. In der Tat hausten hier auch fast sämtliche Juden von Warschau. Diese Straße erinnerte stark an einen Hinterhof im Armenviertel. Es sah nicht aus, als dringe ihr jemals ein Sonnenstrahl bis auf den Grund. Düster blickten die altersschwarzen Holzhäuser darein. Vereinzelt stand wohl ein Ziegelbau dazwischen, aber auch das Rot seiner Mauern hatte sich schon fast gänzlich zu Schwarz verdunkelt. Nur an den Giebeln oben leuchtete hier und da ein verputztes Stückchen Wand in der Sonne und tat mit seiner grellen Weiße den Augen weh. Allerlei Unrat lag am Boden herum: alte Dachrinnen, Lumpen, Küchenabfall, zerbrochne Töpfe. Jeder warf, was ihm im Weg war, kurzerhand vor die Tür hinaus – mochte sich, wer vorüberkam, dabei denken, was er sich dachte. Ein Reiter zu Pferd hätte mit gestrecktem Arm beinah die Wäschestangen erreichen können, die von Fenster zu Fenster quer über die Straße liefen, und an denen Strümpfe, Hosen, geräucherte Gänse und andre Herrlichkeiten baumelten. Hübsche junge Schicksen mit schmutzigen Wachsperlenschnüren um den Hals zeigten ihre Gesichter hinter den trüben Scheiben. Ein Haufe von ungewaschnen, zerlumpten krauslockigen Judenbengeln wälzte sich schreiend im Dreck. Ein rothaariger Jude, besprenkelt mit Sommersprossen wie ein Spatzenei, streckte den Kopf zum Fenster heraus und begann, als er Jankel erblickte, in seinem Kauderwelsch auf diesen einzureden; Jankel nickte ihm zu und lenkte sein Gespann durchs Tor in den Hof. Grade kam noch ein andrer Jude des Weges, er machte Halt und mischte sich in das Gespräch. Als Bulba sich endlich unter seinen Ziegeln hervorgearbeitet hatte, erblickte er drei Hebräer, die lebhaft durcheinander mauschelten.

Jankel trat auf Taraß zu und sagte ihm, sie wollten die Sache schon machen. Ostap säße im städtischen Gefängnis. Es würde ein schweres Stück Arbeit sein, die Wärter herumzukriegen, aber er hoffe dennoch, ihm Zutritt zu dem Kerker Ostaps zu verschaffen.

Bulba begab sich mit den drei Juden ins Haus.

Wieder erhoben die Hebräer ein großes Gemauschel in ihrer unverständlichen Sprache. Taraß schaute von einem zum andern. Ein Sturm von Gefühlen schüttelte ihn; aus seinen sonst so harten und ruhigen Augen brach ein heftiger Strahl von Hoffnung – wahnwitziger Hoffnung, wie sie den Menschen grade in der tiefsten Verzweiflung zuweilen packt; sein altes Herz schlug so voll und heftig, als sei er ein Jüngling.

„Hört einmal zu, ihr Juden!“ sagte er, und seine Stimme hatte fast etwas Verzücktes. „Ihr bringt ja alles fertig in der Welt; und liegt ein Schatz auf dem Grunde des Meeres – ihr fischt ihn heraus. Es ist ja ein altes Sprichwort: Ein Jude ist fähig, den eignen Kopf zu stehlen, wenn er sonst nichts zum Stehlen erwischt. Befreit mir meinen Ostap! Helft ihm aus den Krallen dieses Teufelsgesindels! Ich hab dem Mann da fünftausend Dukaten versprochen, ich leg noch einmal fünftausend dazu. All mein Geld, das ich habe, meine kostbaren Becher und mein vergrabnes Gold, mein Haus und meine letzten Kleider verkauf ich; und ich geb es euch schriftlich auf Lebenszeit, daß ihr von allem, was ich noch jemals im Krieg erbeute, die Hälfte bekommt!“

„Es geht nix, goldner Herr, es geht nix!“ sagte Jankel mit einem tiefen Seufzer.

„Gott straf mich, nein, es geht nix!“ stimmte der rote Jude ein.

Die drei Juden wechselten Blicke.

„Nu–u, aber probieren . . .?“ sagte der dritte und schaute, fast über sich selbst erschrocken, scheu auf die andern. „Wenn Gott will . . .“

Und nun begannen die drei auf deutsch zu verhandeln. So eifrig Bulba die Ohren spitzte, er verstand keine Silbe. Nur daß häufig der Name „Mardochai“ fiel, wurde ihm klar.

„Horcht ämal, Herr!“ sagte Jankel. „Mer müssen besprechen die Sache mit einem Mann – einem Mann, wie es noch niemals hat keinen gegeben ßu sein in der Welt. Straf mich Gott! Der is so weise als wie der grauße Salomo; und wenn er es nix macht – kä andrer macht es erst recht nix. Bleibt nur hier sitzen! Da is der Schlüssel. Und laßt bloß kä Seele von Menschen ins Zimmer!“

Die Hebräer verließen das Haus.

Taraß verschloß die Tür, stellte sich an das kleine Fenster und sah auf die schmutzige Gasse hinaus. Die drei Juden standen draußen und führten eine hitzige Unterhaltung. Ein vierter gesellte sich zu ihnen, und dann noch ein fünfter. Immer wieder erklang der Name: „Mardochai, Mardochai.“ Die ganze

Schar blickte nach dem einen Ende der Straße hinunter. Endlich trat dort über die Schwelle eines schmutzigen Hauses ein Fuß in jüdischem Schuh, über dem die Schöße des Kaftans flatterten.

„Mardochai, Mardochai!“ schrieen die Hebräer wie aus einem Munde.

Ein hagrer Jude, dem aus dem faltenreichen Gesicht eine ungeheure Oberlippe ragte, etwas kleiner von Wuchs als Jankel, näherte sich der ungeduldigen Schar; alle seine Glaubensgenossen schnatterten in wildem Durcheinander rasend schnell auf ihn ein. Mardochai ließ die Augen öfter zu dem Fenster wandern, hinter dem Taraß stand. Dieser konnte leicht merken, daß von ihm die Rede war. Mardochai focht mit den Händen in der Luft, hörte zu, stellte hie und da eine Zwischenfrage, spuckte häufig zur Seite, hob die Schöße des Kaftans, wobei er eine äußerst schäbige Hose enthüllte, versenkte die Hände tief in die Taschen und holte irgendwelchen Klapperkram hervor. Schließlich erhoben die Hebräer ein solches Geschrei, daß der eine von ihnen, der den Auftrag hatte, Wache zu halten, das Warnungszeichen geben mußte. Taraß begann schon für seine Sicherheit zu fürchten, beruhigte sich aber bald wieder, kannte er doch den jüdischen Brauch, alles immer auf offner Straße zu verhandeln, und wußte er doch, daß aus diesem Gemauschel nicht einmal der Teufel selber klug werden konnte.

Nach einer kleinen Weile strömte die Judenschar zu ihm ins Zimmer. Mardochai trat auf Taraß zu, klopfte ihm auf die Schulter und sagte: „Wenn mir und der liebe Gott uns annehmen um de Sach, denn werd gewiß nix versäumt, was geschehn kann.“

Taraß musterte prüfend diesen weisesten Salomo, der je auf der Welt gelebt hatte, und schöpfte wieder einige Hoffnung. Mardochais Äußeres vermochte in der Tat Vertrauen einzuflößen. Diese Oberlippe war einfach ein Monstrum – sie konnte ihre Dicke nur Einwirkungen von fremder Hand verdanken. Der Bart des Juden zählte höchstens fünfzehn Haare, und die befanden sich alle auf der linken Seite. Sein Gesicht wies soviel Spuren von Püffen auf, die dem „weisen Salomo“ für seine Frechheit versetzt worden waren, daß er sicher selber längst nicht mehr Buch über diese Beulen führte und sich entschlossen hatte, sie schlechtweg als Muttermale zu betrachten.

Mardochai empfahl sich mit seinen Freunden, die voll von Staunen ob seiner Weisheit waren. Bulba blieb allein. Er hatte Gefühle durchzukosten, die ihm bisher völlig fremd geblieben waren: zum erstenmal in seinem Leben befand er sich in fieberhafter Unruhe. Er war nicht mehr der unbeugsame, unerschütterliche, baumstarke Mann von einst, er war kleinmütig und schwach. Jedes Geräusch, jede Judengestalt, die am Ende der Gasse auftauchte, machten ihn zittern. In solchen Ängsten verbrachte er den Tag; er aß nicht, er trank nicht, seine Augen schweiften rastlos durch das niedrige Fenster auf die Straße.

Endlich, spät am Abend, erschienen Jankel und Mardochai. Taraß stand das Herz still.

„Nun? Wie ist es?“ fragte er, ungeduldig wie ein wilder Steppengaul.

Aber bevor die Juden sich noch zu einer Antwort gesammelt hatten, sah Bulba, daß Mardochai seiner letzten einsamen Locke beraubt war, die sich heute früh, wenn auch in ziemlich ruppigem Zustand, doch immer noch hübsch kraus unter seinem Käppchen hervorgeschlängelt hatte. Der „weise Salomo“ wollte augenscheinlich etwas sagen, aber er stammelte solch einen wirren Blödsinn hervor, daß Taraß nicht eine Silbe verstand. Auch Jankel hielt sich in einem fort die Hand vor den Mund, als hätte er sich heftig erkältet.

„Waih geschrien, mein goldner Herr!“ sagte Jankel. „Es geht nix, de Zeiten sind ßu schlecht! Gott soll mich strafen: es geht nix! So ä gemeines Volk! Mer sollt ihnen spucken auf die Köpf! Mardochai muß es selber sagen! Mardochai hat Sachen gemacht – so was war noch nix da! – Dreitausend Soldaten bewachen das Gefängnis, morgen früh werden hingerichtet de ganzen Kosaken.“

Taraß schaute den Juden fest in die Augen. Zorn und Ungeduld waren aus seinem Blick verschwunden.

Jankel fuhr fort: „Und wenn der Herr noch möcht sehn den Herrn Sohn, dann muß es morgen sein ganz in der Früh, bevor daß aufgeht die Sonn! De Wächter lassen es ßu, und einer von de Aufseher hats üns versprochen. Bloß – se sollen haben kein Glück im ewigen Leben: waih geschrien, wie diese Gannefs aufs Geld sind! Schlimmer noch als wie ünsere Leut! Fufzig Dukaten hat ä jeder verlangt, und der Aufseher erst . . .!“

„Ist schon recht. Führ mich nur hin!“ sagte Bulba entschlossen. Die Kraft war in sein Herz zurückgekehrt.

Jankel schlug ihm vor, er solle sich verkleiden und einen fremdländischen Grafen spielen, der grade aus Deutschland gekommen wäre. Das Gewand dafür hatte der schlaue Jude vorsorglich mitgebracht. Bulba erklärte sich einverstanden.

Es war schon Nacht. Der Hausherr, jener rothaarige Jude mit den Sommersprossen, schleppte so etwas wie eine dünne Matratze herbei, legte sie auf die Bank und breitete eine Matte darüber. Dies sollte Bulbas Lager sein. Jankel bettete sich am Boden auf eine Matratze von gleicher Art. Der rote Jude trank ein Schnäpschen und zog seinen Kaftan aus. Als er dann in Strümpfen und Schuhen durchs Zimmer stieg, glich er ganz merkwürdig einem magern Küken. Er kroch zum Schlafen mit seiner Schickse in eine Art Schrank. Vor dem Schrank lagen die beiden Söhne des Paares wie Hündchen auf dem bloßen Estrich. Taraß machte von seinem Lager keinen Gebrauch. Er saß, ohne sich von der Stelle zu rühren, und seine Finger trommelten leise auf der Tischplatte. Er hatte die Pfeife im Mund und rauchte so mächtig, daß der rote Jude im Halbschlaf niesen mußte und seine Nase unter der Decke versteckte.

Kaum zeigte sich das erste Dämmern des Morgens am Himmel, da gab Bulba Jankel einen Stoß mit dem Fuß. „Steh auf, Jude, und gib mir dein Grafengewand!"

Im Nu war Bulba umgezogen. Er schwärzte sich den Schnauzbart und die Brauen und zog sich ein dunkles Mützchen über den rasierten Schädel. So hätte ihn nicht einmal ein Kosak aus der eignen Gemeinde erkannt, keiner hätte ihm mehr gegeben als fünfunddreißig Jahre. Frische Röte lag auf seinen Wangen, und auch die Narben dienten nur dazu, ihm etwas Gebieterisches zu verleihen. Das goldgestickte Gewand kleidete ihn prächtig.

Die Straßen schliefen. Noch trug kein Handelsmann seinen Korb durch die Stadt. Bulba und Jankel gingen auf ein Gebäude zu, das im Umriß etwas von einem brütenden Reiher hatte. Es war sehr groß, niedrig, breit gelagert und düster, an seinem Ende erhob sich, gleich einem Vogelhals, ein langer, schlanker Turm, der oben ein überhängendes Satteldach trug. Dies Gebäude diente mannigfachen Zwecken: es vereinte in seinen Mauern die Kaserne, das Gefängnis und das Halsgericht. Unsere Wandrer traten durch das Tor in einen riesigen Saal, oder vielmehr einen überdeckten Hof. An die tausend Mann schliefen in dem einen Raum. In der Rückwand war eine niedrige Tür, vor der zwei Wachtposten saßen und ein sonderbares Spiel spielten, bei dem der eine dem andern abwechselnd mit zwei Fingern in den Handteller schlagen mußte. Sie schenkten den beiden Fremden keine Beachtung und hoben die Köpfe erst, als Jankel sagte:

„Wir sinds! Pst, pst, die Herren: Wir sind es!"

„Passiert!" brummte der eine Posten und öffnete mit der Linken die Tür, während er die Rechte dem Kameraden zum Schlage hinhielt.

Sie durchschritten einen schmalen, finstern Gang und kamen in einen zweiten Saal, der so groß wie der erste war und hoch oben in den Mauern kleine Fenster hatte.

„Wer da?“ riefen mehrere Stimmen. „Hier darf keiner durch!“ Eine ganze Schar von bis an die Zähne bewaffneten Kriegern verstellte den beiden den Weg.

„Wir sinds doch!“ rief Jankel. „Gott der Gerechte, wir sind es, erlauchteste Herren!“

Aber das machte nicht den geringsten Eindruck. Da trat zum Glück ein dicker Kerl heran, der eine Art Vorgesetzter zu sein schien. Jedenfalls schimpfte er noch unflätiger als die andern.

„Wir sind es, bester Herr“, wendete Jankel sich an diesen Mann. „Ihr kennt uns doch schon: und der Herr wird Euch seine Dankbarkeit beweisen noch extra!“

„Laßt sie in drei Teufels Namen passieren, Kreuzsakrament!“ brüllte der Dicke. „Sonst aber kommt mir keiner hier durch! Und wer seinen Säbel ablegt oder sich auf den Boden fläzt . . .!“

Den Schluß dieses gemessenen Befehls vernahmen Taraß und der Jude nicht mehr. Wieder hatte sie ein langer, finstrer Gang aufgenommen.

„Wir sind es . . . Ich bin es . . . Gut Freund!“ sagte Jankel zu allen Leuten, die ihnen begegneten. Und den Posten am Ende des Ganges fragte er: „Nu-u, können wir rein?“

„Das schon; ich weiß nur nicht, ob ihr in das Gefängnis selbst hineinkommt. Der Jan ist abgelöst – für ihn steht jetzt ein andrer da“, erwiderte der Posten.

„Waih geschrien!“ flüsterte der Jude. „Das is ä windige Geschicht, lieber Herr!“

„Vorwärts!“ befahl Taraß verbissen.

Jankel gehorchte.

An der schmalen Treppe, die zur Tür des unterirdischen Verlieses hinabführte, stand ein Heiduck mit einem dreistöckigen Schnauzbart. Das oberste Stockwerk war nach hinten gebürstet, das zweite nach vorn, das unterste abwärts. Das gab dem Burschen große Ähnlichkeit mit einem Kater.

Der Jude machte sich ganz klein und pürschte sich von der Seite an den furchterregenden Kerl heran. „Eure hohe Erlaucht! Allerdurchlauchtigster Herr!“

„Du, Jude, meinst du eigentlich mich?“

„Wen soll ich denn meinen, wenn nix den allerdurchlauchtigsten Herrn?"

„Hm . . . aber ich bin doch bloß ein gemeiner Heiduck!" sagte der dreistöckige Schnauzbart und grinste geschmeichelt.

„Straf mich Gott, und ich hab geglaubt, es muß sein der Herr Marschall selbst in Person. O waih geschrien!" Der Jude drehte den Kopf hin und her und spreizte alle zehn Finger in die Luft. „Waih mer, bei der graußartigen Figur! Gott der Gerechte, genau wie ein Oberst, ausgespuckt wie ein Oberst! Da fehlt nich mehr so viel, denn is es ein Oberst! Man braucht den Herrn bloß ßu setzen auf einen feinen Gaul, welcher dahinsprengt ßu galoppieren so schnell wie ne Fliege, dann kann er gleich reiten entlang die Front und mustern de Regimenter!"

Der Heiduck strich sich das unterste Stockwerk seines Schnauzbartes und zog vor Vergnügen das Maul bis an die Ohren.

„Nu-u, ich sags ja! De Herren Soldaten!" fuhr der Jude fort. „Waih geschrien, was sind das fer prächtige Leut! Tressen und Litzen – das blänkert als wie de Sonn! Und de schönen Fräuleins – wenn se bloß ganz von weitem sehn, es kommt ä Soldat . . . hehehe . . .!" Der Jude legte schelmisch den Kopf auf die eine Schulter.

Der Heiduck zwirbelte das oberste Stockwerk seines Schnauzbartes und ließ vor Befriedigung eine Art Wiehern hören.

„Der Herr könnte mir tun eppes a kleinen Gefallen!" sagte Jankel. „Hier der Herr Fürst is gekommen ßu reisen aus fremde Länder und möcht sich ämal ä bissel anschaun de gefangnen Kosaken. Er hat noch niemals in seinem Leben gesehn, was das fer ä Volk is."

Besuche von fremdländischen Grafen und Baronen waren in Polen durchaus keine Seltenheit. So manchen Gast dieser Art lockte die Neugier herbei, einmal diesen halbasiatischen Zipfel Europas kennen zu lernen. Moskowien und das Grenzland gehörten für die Begriffe dieser Leute zu Asien.

Der Heiduck verneigte sich also sehr tief und fand es am Platze, sich mit ein paar Worten als Europäer zu zeigen.

„Ich versteh nicht", sagte er, „was Euer Durchlaucht an den Kerlen sehn will. Das sind ja Hunde und keine Menschen. Und ihren Ketzerglauben verachtet jeder."

„Das lügst du in deinen Hals, elender Schurke!" wetterte Bulba. „Selber ein Hund, daß du's weißt! Nur noch einmal wag zu sagen, daß einer unsern Glauben verachtet! Euern Ketzerglauben verachtet allerdings jeder!"

„Hehe, mein Lieber", sagte der Heiduck, „nun hab ich dich schon durchschaut. Du bist selbst einer von diesem Pack, grade so einer wie die da drinnen. Das werden wir gleich haben: ich ruf die Wache heraus!"

Taraß bereute seine Unbesonnenheit. Aber in seinem Zorn fiel ihm kein Weg ein, den Schaden wieder gutzumachen.

Zum Glück war Jankel geistesgegenwärtiger und nahm schleunigst das Wort: „Allerdurchlauchtigster Herr! Wenn ich Euch sag, der Herr is ä Graf – wie kann er da sein ä Kosak! Und setzen mer, nur ßum Beispiel, den Fall, er sollt sein ä Kosak – woher sollt er da haben genommen das feine Gewand und de gräfliche Positur?"

„Das erzähl einem Dummen!" sagte der Heiduck und riß schon sein großes Maul auf und wollte Lärm schlagen.

„Königliche Majestät!" jammerte Jankel. „Nix rufen! Um Gottes willen nix rufen! Wenn Ihr wollt halten reinen Mund, denn sollt Ihr kriegen von uns so schrecklich viel Geld, als wie Ihr noch niemals gesehn habt auf einem Haufen. Ihr sollt kriegen – ßwai goldne Dukaten."

„P–hü! Zwei Dukaten. Zwei Dukaten sind für unsereins ein Dreck! Zwei Dukaten zahl ich dem Bader, wenn er mir bloß den halben Bart kratzt! Hundert Dukaten, Jude, und bar auf die Hand!" Grimmig zwirbelte der Heiduck seinen obersten Schnauzbart. „Her mit den hundert Dukaten, sonst ruf ich die Wache!"

„Waih geschrien! Ä so ä sündhaftes Geld!" klagte der Jude weinerlich und band zögernd den ledernen Beutel auf. Im Grund seiner Seele war er aber froh, daß er überhaupt nicht mehr im Sack hatte, und daß der Heiduck nur bis hundert zu zählen verstand. Und als er dann sah, wie der Kerl das Geld in seinem Handteller zweifelnd musterte, als bereue er schon, nicht mehr gefordert zu haben, da flüsterte Jankel Bulba erschrocken ins Ohr: „Gnädiger Herr! Wir müssen schnell schaun, daß mer uns dünnmachen! Ihr seht ja selber: das is ä so ä gemeines Volk . . .!"

„Was fällt denn dir ein, du Satansheiduck!" schrie Bulba. „Das Geld nimmt er, und die Gefangnen zeigt er uns nicht? Sofort zeigst du uns die Gefangnen! Wenn du das Geld nimmst, hast du kein Recht mehr . . ."

„Schert euch zum Teufel! Verstanden? Sonst schlag ich Alarm, und dann könnt ihr etwas erleben ... Nehmt die Beine unter die Arme – ich rats euch im Guten ...!"

„Gnädiger Herr!" rief Jankel ängstlich. „Schaun mer, daß mer verschwinden! Gott der Gerechte, es gibt sonst ä Unglück! Kriegen soll er de Kränk! Träumen soll er so schlecht, daß sichs ihm hebt zum Kotzen in seinem Hals!"

Bulba ließ den Kopf hangen, drehte sich auf dem Absatz um und ging langsam den Weg zurück, den er gekommen war.

Jankel, an dem die Trauer um die nutzlos geopferten Dukaten nagte, überhäufte ihn mit Vorwürfen. „Woßu habt Ihr ihm müssen machen den Krach? Laß er doch ruhig schimpfen, der Hundsfott, der ganz gewöhnliche! Das is doch ä Volk, was überhaupt nix gelernt hat wie Schimpfen. Waih geschrien, und das unverschämte Glück, was muß haben ä solchener Kerl! Hundert Dukaten fer nix, als daß er üns rausschmeißt! Und ünsere Leut – mer kriegen vom Kopfe gerissen de Peißes und kriegen so ßugerichtet de Nos, daß es is schmerzhaft ßum Anschaun; aber üns gibt keiner nich hundert Dukaten! Gott der Gerechte, was soll mer da sagen!"

Dem alten Bulba ging der Schmerz um den Fehlschlag viel tiefer – man sah es an dem schwelenden Feuer in seinen Augen.

„Vorwärts!" sagte er plötzlich und straffte die Schultern. „Ich will es sehen, wie sie ihn martern!"

„Waih geschrien, gnädiger Herr! Was is denn dabei ßu sehen? Helfen könnt Ihr ihm doch nix!"

„Vorwärts!" sprach Bulba.

Der Jude seufzte schwer und schlich ihm nach wie eine Wärterin ihrem Pflegebefohlnen.

Es hielt nicht schwer, den Marktplatz zu finden – von allen Seiten strömte das Volk ihm zu. In jenen rohen Zeiten galt eine Hinrichtung nicht nur dem Pöbel, sondern auch der vornehmen Welt als das beliebteste Schauspiel. Die frömmsten alten Betschwestern, die zartesten Mädchen und Frauen drängten sich in den Ring der Zuschauer – mochten ihnen auch nachher die ganze Nacht im Traum blutüberströmte Leichen erscheinen und sie aus dem Schlaf auffahren lassen mit einem wilden Gebrüll, wie man es sonst nur von betrunknen Kriegsknechten vernimmt. „Scheußlich, entsetzlich!" stöhnten diese gebrechlichen Wesen in wollüstigem Fieber und wendeten sich fröstelnd ab und drückten sich die Hände vor die Augen, rührten sich aber nicht vom Fleck, bis der Kopf des letzten Delinquenten gefallen war. Manch einer unter den Gaffern stand mit offnem Mund und gierig vorgereckten Händen und wäre am liebsten seinen Vordermännern auf die Köpfe gesprungen, die Exekution nur ja recht genau zu erblicken. Über die Schar der verschrumpften, kleinen, elenden Gesichter hob sich der rote, pausbackige Kopf eines Schlächters, der die Arbeit der Henker mit Kennerblicken verfolgte und sachkundige Bemerkungen darüber mit einem Schwertfeger tauschte, den er seinen Gevatter nannte, weil sie sich an einem schönen Feiertag einmal in der gleichen Kneipe besoffen hatten. Es gab Leute unter den Zuschauern, die sich lebhaft über die Einzelheiten der Hinrichtung stritten, und andre, die sogar Wetten abschlossen; die Mehrzahl aber gehörte zu der Menschensorte, die die ganze Welt und alles, was auf Erden geschehen kann, mit dem gleichen Stumpfsinn betrachtet und sich dadurch nicht einmal im Nasenbohren stören läßt.

In der vordersten Reihe, dicht hinter den schnauzbärtigen Stadtgardisten, stand ein adliger Junker – und war er keiner, so wollte er doch dafür gelten –, ein Bursch im Kriegerwams, der sich gewiß alles, was er besaß, auf den Leib gehängt hatte. Daheim in seiner Wohnung konnte schwerlich mehr zurückgeblieben sein als ein zerrissenes Hemd und etwa ein Paar alte Stiefel. Er trug gleich zwei Ketten mit Schaumünzen um den Hals, eine über der andern. Neben ihm stand seine Dulcinea, die Jungfer Wanda, und er drehte in einem fort den Kopf und gab acht, daß ja keiner ihr seidnes Gewand beschmutze. Dabei erklärte er ihr alles so erschöpfend genau, daß wirklich niemand in der Lage gewesen wäre, seine Mitteilungen nach irgendeiner Richtung hin zu ergänzen. „Holdseligste Wanda", sagte er, „das ganze Volk, das Ihr hier versammelt seht, ist gekommen, weil es zusehn will, wie die Kosaken hingerichtet werden. Und der Mann, Holdseligste, den Ihr da oben seht: der das Beil und das andre Werkzeug in Händen hält – das ist nämlich der Henker. Der richtet nachher die Delinquenten hin. Und wenn er den Verbrecher rädert und die andern Martern anwendet, dann ist der Verbrecher noch am Leben; aber wenn er ihm den Kopf abhaut, dann, Holdseligste, ist er sofort tot. Zuerst wird er schreien und zappeln, aber wenn sein Kopf mal herunter ist, dann kann er nicht mehr schreien und nicht mehr essen und nicht mehr trinken, weil er dann nämlich keinen Kopf mehr hat, holdseligste Wanda." So sprach der Junker, und sein Schatz horchte mit schaudernder Spannung auf seine Worte.

Die Dächer wimmelten von Menschen. Aus den Mansardenfenstern sahen die buntbemützten, schnauzbärtigen Köpfe des Gesindes. Auf den Balkonen saß unter Baldachinen der Adel. Um die Gitterstäbe der Brüstungen schlossen sich die hübschen Händchen lachender Damen, deren Zähne in zuckriger Weiße leuchteten. Erlauchte Herren mit kühnen Wänsten blickten gewichtig drein. Diener in prunkvollen Wämsern mit geschlitzten Hängeärmeln reichten Erfrischungen und Süßigkeiten herum. Hie und da warf eine übermütige schwarzäugige Schöne Kuchen und Früchte unter das Volk. Dann hielt die Menge der Hungerleider von Rittern die Kappen auf, und Sieger wurde, wer unter diesen Junkern in schäbigen roten Wämsern mit schwarz gewordnen Goldstickereien die längsten Arme hatte; er hauchte geziert einen Kuß auf die glücklich erhaschte Beute, drückte sie höflich ans Herz und schob sie ins Maul. An einem Fensterkreuz hing in vergoldetem Käfig ein Falke, der gleichfalls zuschauen durfte. Den einen Fuß hochgezogen, musterte er mit schiefgestelltem Kopf über den Schnabel hinweg neugierig die Menge.

Plötzlich erhob sich ein Murmeln; ringsum wurden Stimmen laut: „Sie kommen! Sie kommen! Das sind die Kosaken!"

Die Gefangnen schritten barhaupt einher; ihre Schöpfe waren lang, wilde Bärte starrten ihnen um Kinn und Wangen. Sie zeigten nicht Furcht, noch Trauer – stiller Hochmut sprach verhalten aus ihren Gesichtern. Die Kleider aus kostbarem Tuch waren verschlissen und hingen ihnen in elenden Lumpen um die Glieder. Die Kosaken schenkten dem Volk nicht Blick noch Gruß. – Allen voran schritt Ostap.

Was für Gefühle schüttelten den alten Taraß, als er den Sohn sah! Wie krampfte sich ihm das Herz zusammen! Umdrängt von der feindlichen Menge, stand er und schaute auf Ostap und verschlang jede seiner Bewegungen mit den Augen.

Die Kosaken hatten den Richtplatz erreicht. Ostap machte halt. Er sollte den bittern Todesbecher als erster trinken. Er musterte seine Kameraden zum Abschied, dann hob er die Hand gen Himmel und sprach laut und vernehmlich: „Herrgott, gönn es keinem von diesen ruchlosen Ketzern, daß er ein Stöhnen aus dem Mund eines gefolterten Christenmenschen vernimmt! Gib, daß keiner von uns sich nur ein einziges Wort entreißen läßt!" Und als er so gesprochen hatte, erstieg er das Schafott.

„Recht so, mein Sohn, recht so!" murmelte Bulba und senkte das graue Haupt.

Der Henker riß Ostap die zerlumpten Kleider vom Leib, er band ihm Hände und Füße und spannte sie in ein eigens dafür gemachtes Gestell. Und dann ... Schweigen wir von den höllischen Qualen, bei deren Schilderung sich jedem die Haare vor blassem Entsetzen sträuben müßten! Diese Martern waren eine Ausgeburt jener rohen und wilden Zeit, da der Mensch sein Leben einzig den blutigen Greueln des Krieges weihte und sein Herz gegen jede weiche Regung verhärtete. Umsonst bekämpften einige wenige edlere Geister diese sinnlosen Grausamkeiten. Umsonst erhoben der König und viele Ritter, die von aufgeklärterem Verstand waren, warnend die Stimmen und wiesen darauf hin, daß so harte Strafen die Rachsucht des Kosakenvolkes entflammen müßten. Die Macht des Königs und das Urteil der Klügsten im Land waren wie Rohr im Wind vor der frechen Zügellosigkeit der Magnaten, die den polnischen Reichstag durch ihre törichte Kurzsichtigkeit und ihre kindische Eitelkeit zum Spottbild einer Regierung machten.

Ostap ertrug die peinliche Befragung durch die Folter wie ein Riese der Vorzeit. Kein Schrei wurde laut, kein Stöhnen, auch dann nicht, als ihm Arme und Beine gebrochen wurden. Todesschweigen lag auf der Menge. Noch die fernsten unter den Gaffern vernahmen das gräßliche Krachen der Knochen. Alle die zarten Jüngferlein wendeten erbleichend die Köpfe ab. Kein Laut des Schmerzes entriß sich den Lippen des Gemarterten, kein Zittern lief über sein Antlitz.

Taraß stand in der Menge, den Kopf gesenkt und dennoch stolz erhobnen Blicks; voll düstrer Bewunderung murmelte er: „Recht so, mein Sohn, recht so!“

Dann aber, als Ostap der letzten Todesqual unterworfen wurde, wollte die Kraft ihm versagen. Er ließ die Augen über die Menge laufen: Barmherziger Gott, nichts als kalte, fremde Gesichter! Wäre nur einer von seinen Nächsten bei ihm gewesen in der Stunde des Todes! Nicht das Weinen und Jammern der schwachen Mutter begehrte er zu hören, nicht das leidenschaftliche Schluchzen eines jungen Weibes, das sich verzweifelt vor die weiße Brust schlüge und sich um ihn die lockigen Haare raufte; doch einen starken Mann sehnte seine Seele brennend herbei, der ihn mit guter Rede aufrichte und ihm Trost zuspreche in der Bitterkeit des Verscheidens. Seine Kraft zerbrach, er schrie aus der Angst seines Herzens: „Vater! Wo bist du? Hörst du nicht, was sie mir tun?“

„Ich hör es!“ klang es stark durch die Stille; und jedem einzelnen unter dem zahllosen Volk kroch kalt ein Schauer den Rücken herunter.

Die reisigen Wächter durchforschten hastig die Menge. Jankel wurde bleich wie der Tod; und als die Reiter an ihm vorüber waren, sah er sich angstschlotternd um. Taraß aber stand nicht mehr hinter ihm, er war verschwunden, als sei er nie dagewesen.

Zwölftes Kapitel

Taraß blieb nicht lange verschwunden. An den Marken des Grenzlands sammelte sich ein Kosakenheer, das zählte einhundertzwanzigtausend Mann. Dies war keine kleine Abteilung mehr, keine Freischar, wie sie sonst wohl auf Beute auszog oder mit den Tataren scharmützelte. Nein, hier hatte sich ein ganzes Volk erhoben, weil seine Geduld am Rand war, weil es Rache nehmen wollte für die Verhöhnung seiner Rechte, für die Verachtung seiner Sitten, für die Kränkung seines ererbten Glaubens, für die Entweihung seiner Kirchen, für den Zwang der verhaßten Union, für die Ungebühr der fremden Junker, für die Schande der Judenherrschaft auf christlicher Erde, für alles, was von altersher den grimmen Haß der Kosaken nährte, ihn sich tiefer und tiefer in die Herzen fressen ließ.

Den Oberbefehl über diesen gewaltigen Heerbann führte der junge, aber tapfre und kluge Hetman Ostranitza. Ihm zur Seite stand sein hochbetagter, erfahrner Freund und Berater Gunja. Acht Obersten kommandierten die acht Regimenter, deren jedes zwölftausend Köpfe stark war. Zwei Feldzeugmeister und ein Generalwachtmeister bildeten den Stab des Hetmans. Der Generalkornett trug das große Heeresbanner voran; Fahnen und Standarten ohne Zahl flatterten über den Abteilungen, jeder Zug führte einen Roßschweif als Feldzeichen. Mit dem Fußvolk und der Reiterei marschierten ihre Chargen: Troßmeister, Feldwaibel, Regimentsschreiber. Die Freiwilligen gaben den Ausgehobnen an Zahl kaum etwas nach. Von überall her waren die Kosaken zu den Fahnen geströmt: aus Tschigirin, aus Perejaslaw, aus Baturin, aus Gluchow, von den Niederungen des Dnjeprs, von seinem Oberlauf, von seinen Inseln her. Zahllose Rosse, unabsehbare Wagenreihen wimmelten über die Felder.

Unter diesen acht Regimentern stand eins in besonderm Ansehen; sein Oberst war Taraß Bulba. Diese Ausnahmestellung im Kreis der Kameraden gaben ihm seine Jahre, seine reife Erfahrung, sein hohes strategisches Geschick, vor allem aber sein Haß gegen den Feind. Selbst den Kosaken schien seine schonungslose, unbarmherzige Härte manchmal über das Maß zu gehen. Scheiterhaufen und Galgen bezeichneten den Weg des Alten; das Kriegsziel, für das er im Rate sprach, hieß Ausrottung und Vernichtung.

Was frommt es, alle die Schlachten, in denen sich die Kosaken bewährten, und den Verlauf des Feldzugs zu schildern – das steht auf den Blättern der Chronik verzeichnet. Die Welt hat erfahren, wie der Russe für seinen Glauben zu kämpfen weiß. Keine Kraft über die Kraft des Glaubens! Unüberwindlich und drohend steht unser Glaube, ein Fels aus Urgestein in den Fluten der stürmischen See. Vom tiefsten Meeresgrund empor hoch gegen den Himmel reckt er seine unzerbrechlichen Wände, die ohne Fugen aus einem Stück gegossen sind. Weit in die Ferne trotzt er und bietet den eilenden Wolken die Stirn. Wehe dem Schiff, das gegen ihn anrennt! Zu Staub und Splittern zerschellen die schwankenden Masten, elend muß die Besatzung ertrinken, und das Jammergeschrei der Sterbenden füllt die Lüfte mit Schrecken.

Auf den Blättern der Chronik mag man es nachlesen, wie die polnischen Besatzungen aus den befreiten Städten flüchteten, wie die gewissenlosen jüdischen Pächter kurzerhand aufgeknüpft wurden, wie kläglich der königliche Feldherr Potocki mit seinem zahlreichen Heer dem siegreichen Ansturm der Kosaken weichen mußte, wie er, geschlagen und verfolgt, den besten Teil seiner Mannschaft in einem Flüßchen ertrinken sah. In dem Flecken Polonnoje schlossen ihn dann die Kosaken ein, und der polnische Führer in seiner Bedrängnis versprach ihnen bei seinem Eid völlige Genugtuung von seiten des Königs und der Regierung, bedingungslose Erneuerung der alten Rechte und Privilegien. Aber die Kosaken dachten nicht daran, auf diesen Vorschlag einzugehen – sie kannten zu gut den Wert eines polnischen Eides. Und Potocki hätte nie wieder zur Augenweide der Edeldamen und zum neidischen Ärger der andern Junker seinen kaukasischen Sechstausend-Gulden-Gaul kurbettieren lassen können, nie wieder hätte er sich im Reichstag prahlerisch in die Brust werfen, nie wieder den Senatoren üppige Mähler auftischen können, wäre ihm nicht die russische Geistlichkeit von Polonnoje rettend zu Hilfe gekommen. Als die Priester in ihren goldfunkelnden Meßgewändern mit den heiligen Bildern vors Tor zogen, an ihrer Spitze, das Kreuz in der Hand, die Mitra auf dem Haupt, der Bischof selbst, da neigten die Kosaken die Köpfe und zogen die Mützen. Niemand sonst in der Welt, auch nicht der König in Person, hätte ihren Sinn wenden können; ihrer heiligen Kirche aber wagten sie nicht den Gehorsam zu weigern, der Geistlichkeit ihres Glaubens fügten sie sich. Der Hetman und die

Obersten beschlossen, Potocki freien Abzug zu gewähren. Nur ließen sie sich vorher einen feierlichen Schwur von ihm leisten, daß er hinfort nie wieder etwas gegen die Freiheit der rechtgläubigen Kirche unternehmen, daß er die alte Feindschaft vergessen, und daß er die Kosakenschaft für ewige Zeiten ungekränkt lassen wolle.

Ein einziger von den Obersten weigerte sich, solch einen Frieden anzuerkennen. Und dieser eine war Bulba. Er riß sich ein Büschel Haare aus seinem grauen Schopf und rief: „Hölle und Teufel, hör mich, Hetman, und hört mich, ihr Obersten: laßt euch doch nicht dumm machen wie alte Weiber! Wer glaubt denn einem Polacken? Daß euch der Schweinehund verrät, ist doch klar!"

Als aber der Heeresschreiber den Vertrag präsentierte und der Hetman von Amts wegen seinen schwerfälligen Namenszug darunter setzte, da riß Taraß seinen ehrlichen Degen, den kostbaren Türkensäbel von edelstem Stahl, aus der Scheide, brach ihn über dem Knie entzwei wie einen dürren Ast, warf die Stücke weit von sich, zur rechten das eine, das andre zur linken, und sprach: „Gehabt euch denn wohl! Wie diese zwei Stücke von meinem Pallasch nie wieder zusammenwachsen und einen ganzen Säbel geben, so sehn wir uns nie mehr auf dieser Welt, Kameraden! Vergeßt nicht, was ich euch heute zum Abschied sage!" Bei diesen Worten erhob sich seine Stimme zu seltsamer Kraft – jeden Menschen im ganzen Heer durchrann ein Schauer bei seiner prophetischen Rede. „Ich sag euch: in eurer Todesstunde werdet ihr an mich denken! Ihr meint wohl, jetzt habt ihr euch Frieden und Ruhe erkauft? Ihr meint wohl, jetzt könnt ihr die Herren spielen? Hat sich was mit dem Herrenspielen! Ihr sollt euch noch wundern! Dir, Hetman, werden die Polacken das Fell vom Schädel ziehn und es mit Häcksel ausstopfen; und so wird man deinen Kopf auf allen Jahrmärkten bewundern! Und ihr, ihr Herren, glaubt bloß nicht, daß ihr die Köpfe auf den Hälsen behaltet! Ihr verfault in feuchten Kellern zwischen engen steinernen Mauern, oder man schmort euch bei lebendigem Leib im Kessel wie Hammel – das werdet ihr sehn!" Und nun wendete sich Taraß an seine eignen Leute: „Euch aber, Burschen, frag ich, ob ihr einen ehrlichen Tod sterben wollt – nicht auf der Ofenbank oder bei der Alten im Bett, nicht besoffen hinter dem Kneipenzaun, daß ihr dann daliegt als ein verrecktes Aas – nein, einen frohen Kosakentod, alle zusammen auf einem Bett, wie der Bräutigam mit der Braut? Oder lockt es euch, heimzuziehn, euern Glauben abzuschwören und euch von den polackischen Pfaffen Kandare reiten zu lassen?"

„Wir gehn mit dir, Herr Oberst! Wir gehen mit!“ schrie Taraß Bulbas ganzes Regiment vom ersten bis zum letzten Mann, und gar viele aus andern Regimentern gesellten sich zu seiner Schar.

„Dann: links um kehrt schwenkt! Mir nach!“ sagte Taraß, drückte die Mütze fester in die Stirn, setzte sich im Sattel zurecht und rief mit warnend blitzenden Augen: „Daß keiner wage, uns ein tadelndes Wort zu sagen! – Und nun: hussa, Burschen, jetzt kriegen die Katholischen einmal Besuch!“

Er spornte den Gaul; Reiter und Fußvolk und eine Reihe von hundert Wagen folgten ihm. Taraß drehte wieder und wieder den Kopf, zornig drohte sein Blick den Zurückbleibenden. Niemand wagte, ihm in den Weg zu treten. Im Angesicht des ganzen Heeres zog sein Regiment ab.

Tief in Gedanken standen der Hetman und die Obersten. Lange fand keiner ein Wort. Schwarze Ahnungen lagen schwer auf jedem Herzen. Und sie sollten sich bald erfüllen. Taraß Bulbas prophetisches Wort traf ein. Gar nicht lange nach diesem Tag überfielen die Polen den Hetman verräterisch bei Kanew. Sein Kopf wurde auf den Pfahl gesteckt, und mit ihm die Köpfe der höchsten Würdenträger des Heeres.

Und was tat Taraß?

Taraß zog durch Polen, er legte achtzehn Städte und Dörfer in Asche, brannte an die vierzig Kirchen nieder und kam bis in das Vorland von Krakau. Viele polnische Junker mußten über die Klinge springen, die reichsten und schönsten Schlösser wurden geplündert. Die Kosaken drangen in die wohlbehüteten Keller der Magnaten, hieben die Zapfen aus den Fässern und ließen den hundertjährigen Met und Wein auf den Boden plätschern. Sie rissen kostbare Gewänder und reiches Gerät aus den Schränken und warfen alles ins Feuer. „Nur nichts verschonen!“ war Bulbas Befehl. Auch die schwarzäugigen Edelfrauen, die Fräulein mit weißen Brüsten und blühenden Wangen fanden kein Mitleid bei den Kosaken. Umsonst flohen sie schutzsuchend an die Altäre – Taraß verbrannte sie samt den Altären. Manch eine schöne Hand krallte aus der Glut verzweifelt gen Himmel, und Schreie gellten empor, die selbst die alte Erde erschüttert, die selbst die Gräser des Feldes erbarmend ihr Haupt hätten neigen lassen. Aber die rauhen Kosaken scherte das wenig, sie spießten die Säuglinge der wimmernden Frauen auf ihre Lanzen und schleuderten sie zu den Müttern in das Flammengewühl.

„So les ich euch die Totenmesse für meinen Ostap, ihr verfluchten Polacken!" sagte Taraß.

Solcher Totenmessen für Ostap las Taraß in Städten und Dörfern gar viele, bis endlich die polnische Regierung erkennen mußte, daß Bulbas Rachezug mehr war als einer der üblichen Raubüberfälle. Derselbe Potocki, der den Frieden von Polonnoje abgeschlossen hatte, wurde mit fünf Regimentern ausgeschickt und erhielt den Befehl, Taraß zu fangen, koste es, was es wolle.

Sechs Tage lang entrannen die Kosaken auf Schleichwegen ihren Verfolgern; fast brachen die Gäule bei den unerhörten Gewaltmärschen zusammen. Diesmal aber zeigte sich Potocki seiner Aufgabe gewachsen: er ging den Kosaken nicht von der Spur und stellte sie endlich am Ufer des Dnjestrs, wo Bulba sich in ein verlassenes, zu Trümmern zerfallnes festes Schloß geworfen hatte, damit sich Mann und Roß ein wenig verschnaufen könnten.

Hart über dem Steilhang des Stroms stand die Burg mit zerschossenem Wall und durchlöcherten Mauerresten. Schutt und Ziegelbrocken bedeckten den Gipfel des Felsens, der überhing und aussah, als wolle er jeden Augenblick in die Tiefe stürzen. Ein Abstieg zum Fluß war unmöglich, und von der Landseite schloß Potocki mit seinem Heer die Kosaken ein. Vier Tage lang schlugen sich die Belagerten wütend und schleuderten Ziegel und Feldsteine gegen den Feind. Dann aber gingen Proviant und Kraft auf die Neige. Taraß faßte den Entschluß, auszubrechen.

Schon hatten sich die Kosaken eine Bahn durch den Ring der Polen gehauen, und vielleicht wären ihnen die treuen Gäule noch einmal zur Rettung geworden; da hielt plötzlich Taraß mitten im tollsten Galopp an und schrie: „Halt! Ich hab meine Tabakpfeife verloren. Nicht einmal meine Pfeife sollen sie kriegen, die verfluchten Polacken!" Taraß Bulba beugte sich aus dem Sattel und spähte im Gras nach der Pfeife, seiner unzertrennlichen Gefährtin zu Wasser und zu Land, daheim und im Felde. Da aber fiel schon ein ganzer Schwarm Feinde über ihn her und hängte sich ihm an die mächtigen Schultern. Wohl schlug und trat er wütend um sich, doch heute schüttelte er damit die Heiducken nicht ab, wie einst in jüngeren Tagen.

„Ja, ja, alt wird man!" sagte der beleibte Graukopf und weinte bitterlich. Doch nicht seine Jahre trugen die Schuld – die Übermacht zwang ihn. Dreißig Mann wohl hielten ihn an Armen und Beinen.

„Haben wir dich Aasvogel endlich!" schrieen die Polacken. „Fragt sich jetzt nur noch, wie man dich Hundsfott am besten totmacht!"

Taraß wurde, mit Zustimmung Potockis, dazu verurteilt, vor versammeltem Heer lebendig verbrannt zu werden. In der Nähe stand ein abgestorbner Baum, dessen Krone vom Blitz zerschmettert war. Die Polen fesselten Taraß mit eisernen Ketten an den Stamm und zogen ihn hoch empor, daß alle ihn sehen könnten. Seine Hände wurden auf das Holz genagelt; dann ging man eilend daran, um den Baum einen Scheiterhaufen zu schichten. Taraß gönnte dem Scheiterhaufen keinen Blick, keinen Gedanken dem Feuer, in dem er verbrennen sollte – er schaute erregt in die Richtung, wo seine Kosaken noch mit den Polen kämpften. Da er so hoch hing, lag das alles vor ihm wie auf der flachen Hand.

„Vorwärts, Burschen, beeilt euch!" schrie er. „Besetzt den Hügel hinter dem Wald – den stürmen die Kerle nie!" Aber der Wind verwehte seine Worte. „Sie reiben sich auf für nichts und wieder nichts!" murmelte er in grimmer Verzweiflung. Da fiel sein Blick auf den Dnjestr, der blank die Sonne spiegelte. Ein Leuchten des Triumphs trat in seine Augen. Unten sahen hinter dichtem Buschwerk vier Boote hervor.

Taraß nahm alle Kraft seiner Stimme zusammen und brüllte gewaltig: „An den Fluß, an den Fluß, Burschen! Jagt den kleinen Weg am Hang hinunter, den linken von den zwei Wegen! Es liegen Kähne am Ufer! Nehmt sie nur alle – dann können sie euch nicht nach!"

Jetzt blies der Wind von der andern Seite, und die Kosaken verstanden jedes einzelne Wort. Taraß bekam von den Polacken zum Dank für seinen Rat eins mit der stumpfen Seite einer Axt auf den Kopf, daß sich alles vor seinen Augen drehte.

Die Kosaken sprengten in voller Flucht den Hangweg hinunter; doch die Verfolger waren ihnen dicht auf den Fersen. Und der schmale Pfad schlug ewig Bogen und führte weit um. „So geht das nicht, Kameraden!" sagten die Verfolgten und machten für einen Augenblick halt. Dann aber: ein wildes Ausholen mit den Knuten, ein gellender Pfiff, und ihre tatarischen Gäule lösten die Hufe vom Boden, streckten die Leiber in der Luft wie Schlangen, überflogen den Abgrund, platschten schwer in das Wasser des Flusses. Bloß zwei von den Kosaken sprangen zu kurz: sie krachten auf die Steine hinunter und ließen samt ihren Gäulen das Leben, ohne auch nur einen Schrei ausstoßen zu können. Die Kameraden waren derweil auf ihren Rossen schon ein Stück stromab geschwommen und banden die Kähne los. Die Polacken stutzten vor dem Abgrund, starr vor Staunen über das unerhörte Kosakenstücklein. Sollten auch sie den Sprung wagen, oder sollten sie nicht? Einer der polnischen Obersten, ein hitziges junges Blut, der leibliche Bruder der schönen Polin, die den armen Andri in ihre Netze gezogen hatte, überlegte nicht lange und setzte mit keckem Entschluß den Kosaken nach. Er überschlug sich mit seinem Gaul dreimal in der Luft und krachte senkrecht auf die spitzen Klippen nieder. Das scharfe Gestein riß seinen Leib in Stücke; Hirn und Blut spritzten auf das Gesträuch in den Spalten des Hanges.

Taraß erwachte aus seiner Betäubung; seine Augen suchten den Dnjestr: die Kosaken saßen in den Kähnen und legten sich fest in die Riemen. Ein Hagel von Kugeln schmetterte von der Höhe hinab, aber er traf nur das Wasser.

Helle Freude strahlte aus den Augen des alten Taraß. „Lebt wohl, Kameraden!" schrie er. „Vergeßt mich nicht; und im Frühjahr, da kommt ihr wieder und spielt den Kerlen tüchtig zum Tanz auf! – Na, und ihr, was habt ihr denn jetzt, ihr Satanspolacken? Glaubt ihr, es gibt etwas in der Welt, wovor der Kosak sich fürchtet? Werdet es schon noch erleben: es kommt die Zeit, da ihr merkt, was das heißt, der russische Glaube! Heute schon spüren es alle Völker, die nahen und fernen; einmal geschieht es – da steht im russischen Land ein russischer Zar auf, vor dem beugen sich alle Mächte der Welt!"

Die Flamme schlug aus dem Scheiterhaufen empor, züngelte prasselnd um Bulbas Füße und fraß gierig das Holz.

Aber wo ist auf Erden die Flamme, die Qual, die Kraft, die Herr zu werden vermöchte über die russische Kraft!

Kein kleiner Fluß ist der Dnjestr. Viel Buchten hat er, viel Schilfdickichte, viel Untiefen und viel gewaltige Tiefen. Hell klang der Schrei der Schwäne, stolz zog der Flug der Krickenten über den schimmernden Wasserspiegel; Schnepfen, rothalsige Wildhühner und andre Vögel schlüpften sichernd durch das Ufergebüsch . . .

Die Kosaken glitten auf ihren schmalen Kähnen geschwind stromab. Sie ruderten rüstig im Takt, wichen achtsam den Untiefen aus, scheuchten ängstlich flatternde Möwenschwärme auf und sprachen von Taraß Bulba, dem Hetman.